www.tredition.de

AF197904

Karl-Heinz Becker

Die Sonne, die mir lacht

Kurze Geschichten für flotte Christen

© 2020 Karl-Heinz Becker

Verlag & Druck: tredition GmbH, Halenreie 40-44, 22359 Hamburg

ISBN
Paperback: 978-3-347-05832-3
Hardcover: 978-3-347-05833-0
e-Book: 978-3-347-05834-7

Inhalt

Die ungefähren Vorlesezeiten finden Sie als Angaben in Minuten
vor den Seitenzahlen

Die Sonne, die uns allen lacht ...

schenkt Wärme, erhellt das Leben und durchdringt uns mit Lebenskraft.

Das wollen auch die Geschichten dieses Buches. Sie erzählen von Freude und Abenteuern, von Festen und Lachen, von kindlichem Glück und erlösenden Taten. Kuriositäten wechseln mit Spannung, Wunder beleben den Alltag.

Wer genau hinschaut, entdeckt noch weit mehr: den großen Trost, dass wir nicht allein sind. In Lachen und Weinen ist da eine Hand über uns. Segnend, anspornend. Eine Hand, die den Schmerz nicht gescheut hat; eine Hand, die uns hält.

Der dunkle Schatten

Wenn du denkst, es geht nicht mehr

Es war ein kühler Sommerabend. Fröhlich hüpfend befanden sich die neunjährige Julia und ihre fünfjährige Schwester Hannah auf dem Weg nach Haus. Julia hatte Hannah von einem Kindergeburtstag abgeholt. Die letzte Strecke war ein bewaldeter Parkweg, den auf der einen Seite stark belaubte Bäume und auf der anderen ein still dahinfließender Bach mit dichtem Gebüsch umgaben. Im Sommer drang das Tageslicht nur schwer hindurch, zumal dann nicht, wenn der Himmel wie heute bedeckt war. Das Wetter war nicht verlockend. So lag der Weg entlang des Baches menschenleer vor den beiden Schwestern.

Während Julia und Hannah fröhlich voran sprangen, erzählte die Kleine aufgeregt von der Geburtstagsfeier. Stolz trug sie einen Ball im Arm, den sie auf dem Fest gewonnen hatte. Plötzlich wurden beide durch ein knackendes Geräusch zwischen den dicht stehenden Bäumen aufgeschreckt. Von Buschwerk verdeckt, schien sich neben ihnen etwas zu bewegen. Ruckartig blieben die Mädchen stehen. Parallel dazu herrschte auch zwischen den Bäumen plötzliche Stille. Zaghaft gingen Julia und Hannah einige Schritte weiter. Sofort war auch neben ihnen wieder Bewegung zu vernehmen. Erneut blieben die Schwestern stehen und drückten sich fest aneinander. „Ich hab Angst", flüsterte die Kleine und zog den Ball fest an sich. Ihre große Schwester war nicht sehr viel mutiger. Das wollte sie aber nicht zeigen. „Weißt du noch, als Mama und Papa heute Morgen gebetet haben, dass der liebe Gott auf uns aufpasst", versuchte Julia die kleine Hannah und auch sich zu trösten. Aber wohl war ihr trotzdem nicht. Als sie langsam weitergingen, knackte es wieder im Unterholz. Diesmal kräftiger als zuvor. Mit einem lauten „Huuu..." tauchten unerwartet zwei ältere Jungen vor ihnen auf. Sie mochten zwölf, 13 Jahre alt sein. Breitbeinig bauten sie sich vor den Mädchen auf. „Na, ihr Angsthasen. Gebt uns mal den Ball!", forderten sie. „Nein", rief die Kleine, „der gehört mir." - „Den kriegt ihr nicht", fauchte ihre große Schwester. Die Jungen lachten. „Dann nehmen wir ihn uns." Kaum gesagt, hatte einer Hannah schon den Ball entrissen und warf ihn lachend seinem Kameraden zu. „Euer Pech. Zur Strafe bekommt ihr ihn nicht wieder!" „Ihr seid gemein", schrie Julia. „Ja", echote ihre kleine Schwester und begann zu weinen. „Der liebe Gott hilft uns!", schrie die Große plötzlich wütend die verdutzt wirkenden Jungen an. - „Ja, das haben Mama und Papa gesagt", schluchzte die kleine Hannah mehr, als dass sie rief. Die Jungen lachten. „Dann soll Gott euch doch den Ball wiederbringen", höhnten sie, drehten sich um und begannen mit der bunten Kugel davonzulaufen.

Weit waren sie nicht gekommen, als ein plötzliches, mächtiges Knacken im Buschwerk entlang des Baches sie abrupt stoppen ließ. Mit großen Augen erblickten die Balldiebe einen dunklen Schatten, der aus den Sträuchern hervorbrach. Ein hoch gewachsener Hund jagte plantschend durch das Gewässer, schüttelte sich kurz die Nässe aus dem Fell und sprang auf die Bengel zu. Wie versteinert blieben sie stehen. Hannah und Julia drückten sich ängstlich aneinander. Die Mädchen schien das Tier jedoch nicht zu bemerken. Knurrend baute es sich vor den Jungen auf. Es schien, als habe der Hund nur den Spielball im Blick. Die beiden Burschen zitterten. Zu herrisch war der Eindruck des mächtigen Vierbeiners. Ängstlich ließen sie den Ball fallen. Als der Hund nicht reagierte, begannen die Jungen sich langsam, Schritt um Schritt, zurückzuziehen. Argwöhnisch wurden sie von dem Hund beobachtet, als wolle er jede ihrer Bewegungen genau kontrollieren. Als die Burschen sich schließlich weit genug entfernt hatten, drehten sie sich um und rannten blitzschnell auf das Wegende an der verkehrsreichen Straße zu.

Eine Weile blickte der Hund ihnen nach, senkte dann den Kopf, schnupperte am Ball und stieß die Kugel mit der Schnauze, wie einen Abschiedsgruß, zu den Mädchen hin. Dann sprang er davon und verschwand auf der anderen Seite des Weges zwischen den Bäumen.

Mit Tränen in den Augen lösten Julia und Hannah sich aus ihrer Erstarrung. „Der Hund hat uns geholfen", stöhnte die Große erleichtert, während ihre kleine Schwester sich die Tränen aus den Augen wischte. Dann griff Julia den Ball, säuberte ihn, nahm Hannah an die Hand und lief mit ihr das letzte Wegstück bis nach Hause.

Dass jenseits der dichten Baumreihe auf einer großen Wiese der Hund von einer jungen Frau herzlich umfangen wurde, konnten die Mädchen nicht sehen. „Du bist ja ganz nass. Wo warst du denn wieder, du Stromer?", sprach die Besitzerin. „ Ich habe dich gesucht. Hoffentlich hast du keinen Unfug angestellt."

Zuhause angekommen, plapperten die Schwestern fast gleichzeitig los: „Mama, Papa, gemeine Jungs haben uns angehalten", rief Julia ganz außer Atem. – „Und meinen, meinen Ball wollten sie klauen", trompetete die kleine Hannah, während sie noch nach Luft schnappte. „Aber dann kam ein großer Hund", übernahm wieder ihre ältere Schwester den Bericht. „Der hat sie verjagt." „Ja, und das war der liebe Gott", tönte es überzeugt aus Hannahs Mund, die sich die Arme in die Seiten stemmte. Schmunzelnd berichtigte Julia sie: „Nein, das war er nicht, aber er hat ihn geschickt." „Und, wem gehört der Hund?", fragte Papa. „Niemand. Der lief da ganz allein herum."

Später trafen sich alle vier zum Abendgebet am Bett der Mädchen. Julia, die Große, begann: „Danke lieber Gott, dass dein Hund uns geholfen hat..." Weiter kam sie nicht, weil die kleine Schwester ihr ins Wort fiel: „Ja, lieber Gott, aber nimm ihn bitte wieder an die Leine, damit andere Kinder keine Angst vor ihm bekommen."

Schiedsrichter oder Engel?

Fairness auf der Fähre

Es war Freitagabend. Spät verließ Jürgen die Redaktion. Tief die frische Luft einatmend, machte er sich auf zum Hafenanleger an den Landungsbrücken. Obwohl es sehr windig war, tat ihm der längere Fußmarsch nach dem Sitzen in der verbrauchten Luft gut. Wie immer erreichte er eine der letzten Fähren, um über die Elbe zu setzen. Um diese Uhrzeit gab es viele freie Plätze. Diesmal zog es Jürgen allerdings nicht auf das offene Oberdeck, dort war es ihm zu windig. Er suchte er sich einen geschützten Platz unter Deck. Allerdings hatte Jürgen eine Eigenart, die seine Frau neckisch als Spleen bezeichnete. Nicht selten nämlich bevorzugte er Sitzreihen, in denen unangenehme Gestalten sich tummelten und andere zu belästigen drohten. Jürgen selbst sah diesen Drang als ein Erbe seines Vaters an. Der hatte einen ausgeprägten Gerechtigkeitssinn besessen, was ihn auf Bürgersteigen mit Vorliebe durch breit angelegte Menschenreihen hindurch führte, die ohne Rücksicht auf Entgegenkommende den gesamten Gehweg einnahmen. Wie der Vater so der Sohn. Jürgen war sich dessen bewusst. Nicht selten hatte er sich schon mit Personen angelegt, die in ihrer Rücksichtslosigkeit anderen, vor allem alten und behinderten Menschen, entweder vor die Füße liefen, Türen vor der Nase zufallen ließen, oder Kinder in Bus und Bahn anpöbelten. Auch dumme oder beleidigende Bemerkungen gegenüber Frauen, Mädchen und Migranten brachten ihn in Rage.

Jürgen war gewiss kein Held, auch kein Draufgänger – aber rüpelhaftes oder diskriminierendes Benehmen, nein, das konnte er nicht ertragen. Er wusste selbst, dass sein Verhalten hin und wieder übersteuert war. Trotzdem hatte es ihm in der Kirchengemeinde den Spitznamen „Der Gerechte" eingebracht. Jürgen war mittelgroß und als ehemaliger Kugelstoßer und Diskuswerfer zudem kräftig gebaut. Nur, „du bist kein junger Mann mehr", versuchte seine Frau den Mittfünfziger auf dem Boden der Realität zu halten. Nicht bange war Jürgen auch an diesem Abend, als er sich unter Deck einen Platz suchte. In einer Ecke saß ein jüngerer, unruhiger Mann mit einer Bierflasche in der Hand. Ein Teil des Flascheninhalts hatte sich am Boden zu einer übel riechenden Pfütze ausgebreitet, die hin und her schwappte. Die müde klappernden Augenlider des jungen Mannes, rote Wangen und ein beeinträchtigter Gleichgewichtssinn zeugten vom Grad seiner Trunkenheit. Wie magisch angezogen, denn da war sie wieder, die Erbmasse, setzte Jürgen sich ihm gegenüber.

Der junge Mann nahm kaum Notiz von dem neuen Fahrgast. Wippte hin und her, stöhnte, sprang dann – von erkennbar innerer Hitze getrieben – auf und suchte verzweifelt nach einer Möglichkeit, das Fenster zu öffnen. Dabei verunreinigten weitere Spritzer aus seiner Bierflasche die Sitzbänke. Der junge Mann bemerkte es nicht, aber Jürgen umso mehr. Eine Weile schaute der sich das Treiben seines schwankenden Gegenübers an. Als der Betrunkene sich dann jedoch auf den Sitz stellte und mit seinem ganzem Körpergewicht an der Fensterverriegelung zog, wurde es Jürgen zu viel. „Nun ist aber gut", rief er energisch. Erkennbar beleidigt drehte der Angesprochene sich zu ihm um. „Was willst du denn?", maulte er verärgert. „Sie müssen ja nicht das Fenster kaputt machen", entgegnete Jürgen. „Scheiß-egal," lautete die kurze Antwort des Betrunkenen. Dann er-hob er sich, verließ seinen Platz und stellte sich in Jürgens Rücken. Dem Journalisten war nicht wohl. Er ahnte, was kommen würde. Abrupt blickte er sich um, sah die abwärts geneigte Bierflasche über sich, sprang auf und entkam so dem ihm zugedachten Bierschwall. Wütend stand er dem Trunkenbold gegenüber, der sich nun auch voll aufgerichtet hatte. „Mist, er ist bedeutend größer als ich", dachte Jürgen. Damit nicht genug. Der angetrunkene Mann fasste nun die Flasche am Hals und drohte sie als Schlaginstrument zu be-nutzen. Jürgens inneres Flehen, „o Gott", blieb im Ansatz stecken.

Die wenigen Fahrgäste waren inzwischen auf die beiden Kontrahenten aufmerksam geworden und hatten sich zu ihnen umgedreht. Aber keiner rührte sich. Einen kurzen Moment verharrten Jürgen und sein Gegenüber. Die Situa-tion war kurz davor, zu eskalieren. In dem Augenblick, die Fähre fuhr soeben den nächsten Haltepunkt an, eilte vom anderen Ende ein Mann um die vierzig herbei und stellte sich trennend zwischen die Rivalen. Ruhig wies er auf den Trinker und erklärte bestimmt: „Sie verlassen hier die Fähre!" Danach blickte er Jürgen an und meinte freundlich: „Sie bleiben hier." Als die Hafenfähre hielt, verschwand der junge Mann nebst Bierflasche schnell. Der Schlichter schaute Jürgen nur an, schüttelte den Kopf und meinte, „dieser Blöd-kopf." Der Journalist nickte ihm freundlich zu. „Danke", sagte er, und suchte sich einen neuen Platz jenseits der Bier-pfützen. Beim nächsten Anleger stieg der Friedensstifter aus. Jürgen sah ihm verwirrt hinterher. Die klare Aktion des

Mannes hatte ihn sehr an das Verhalten von Schieds- und Kampfrichtern erinnert.

Als Jürgen müde zuhause eintraf, berichtete er seiner Frau beim Abendessen von dem Vorkommnis. Die schaute ihn nur an, schüttelte den Kopf und meinte: „du musst dich auch immer in Gefahr begeben. Gut, wenn da mal ein Engel einschreitet!" - „Nein, ein Schiedsrichter", entgegnete ihr Mann. - „Ein Engel!" Seine Frau blieb bei ihrer Überzeugung.

Wochen später entdeckte Jürgen den Schlichter kurz auf einem Fähranleger in einer Gruppe Männer und Frauen. „Also doch", berichtete er abends seiner Frau, „ein menschliches Wesen, ein Schiedsrichter." Ihre kleine Tochter kannte die Geschichte, bekam den Ausspruch des Vaters mit und meinte naseweis: „Kann nicht ein Schiedsrichter auch ein Engel sein?" - „Oder umgekehrt?", nahm blitzschnell ihre Mutter den Faden auf. Jürgen sah beide überrascht an. Ein großes Schmunzeln, Zeichen dass er sich geschlagen gab, flog über sein Gesicht und fand bei Frau und Tochter einen zufrieden-fröhlichen Widerschein.

Offene Kirche

Liebe geht (nicht nur) durch den Magen

Seit einigen Jahren war er schon auf Platte. Nun hatte ausgerechnet Karl, der Gottesleugner, seinen Platz nahe der Kirche gefunden. Hin und wieder bat er um einen kleinen Geldbetrag oder etwas zu essen. Mal wurde es ihm von der Sekretärin, mal vom Pastor oder dessen Frau gegeben. So wurde er allmählich zu einem bekannten Gesicht.

Nachts, wenn alles schlief, wühlte Karl heimlich in den Mülltonnen. Auch in denen der Kirche. Manchmal mit Erfolg. Dinge des täglichen Bedarfs fand er ebenso wie Zeitungen, geistliche Zeitschriften und Predigt-Kladden in der Papiertonne. Damit dämmte er gern seine Schlafunterlage oder stopfte in der kalten Jahreszeit seinen Schlafsack damit aus. „Ich glaube zwar nicht an Gott", murmelte er zufrieden vor sich hin, „aber wärmen tut diese fromme Zeug wenigstens."

Als er eines Abends wieder in seinen Schlafsack kroch, fiel ein kleines Plakat heraus: *Ich glaube. Hilf meinem Unglauben*, stand darauf. Karl stutzte, dachte nach und nahm den Gedanken mit in den Schlaf. Am nächsten Morgen hatte er ihn wieder vergessen. Doch als er sich aus seinem Sack schälte, um auf Betteltour für ein Frühstück zu gehen, stach ihm das Blatt Papier wieder in die Augen. Er hob es auf, sah drauf, brummte etwas und steckte es in die Tasche. Dann klingelte er an der Tür zum Gemeindebüro, um nach einem Stück Brot zu fragen. Die Sekretärin öffnete, sah ihn an und meinte nur: „Ah, wir kennen uns ja. Was darf es denn heute sein?" Karl schaute sie an, wollte gerade seine Bitte äußern, da fiel sein Blick auf ein Poster hinter der Sekretärin. Er stutzte, denn es enthielt haargenau den Satz, den er auf dem kleinen Plakat gesehen hatte: *Ich glaube. Hilf meinem Unglauben* ... „Nun", sprach die Sekretärin, „hat es ihnen die Sprache verschlagen?" Karl fand zu sich zurück. „Äh, haben Sie vielleicht ein Stück Brot?" - „Ich schau mal", sprach sie. Ließ ihn an der Tür stehen und ging in ihr Büro zurück. Währenddessen studierte Karl erneut den Bibelvers auf dem Poster *Ich glaube. Hilf meinem Unglauben.*

Die Sekretärin kam zurück mit einer saftigen Klappstulle, aus der Salami herausschaute. „Bitteschön, habe ich heute Morgen frisch geschmiert." Verblüfft schaute Karl sie an, nahm innerlich berührt den Leckerbissen entgegen, sah noch einmal auf den Spruch und fragte dann mit heiserer Stimme: „Glauben Sie daran?" Erstaunt blickte die Sekretärin ihn an. „Woran? Was meinen Sie?" - „Den Spruch da, hinter ihnen." Sie drehte sich kurz um, lächelte dann. „Ach, die Jahreslosung meinen Sie." Und dann, nach einem kurzen Moment des Zögerns: „Ja, das habe ich in meinem Leben erfahren." „Hhm", meinte Karl kauend. „Wie soll das gehen?" „Oh", sprach sie. Und innerlich musste sie sich ein wenig überwinden. „Kommen Sie doch herein, dann können wir besser darüber sprechen." Erstaunt folgte Karl der Gemeindesekretärin ins Büro und nahm ihr gegenüber am Schreibtisch Platz. Der Raum strahlte etwas Gemütliches aus. Und warm war er auch.

Während der Tippelbruder in den Rest der saftigen Stulle biss, wurde in ihm eine starke Sehnsucht nach Geborgenheit wach. „Wissen Sie", sprach die Sekretärin, die sich als Maria Bauer vorstellte, „es ist komisch. Glaube kann man sich ja nicht aneignen. Er ist ein Geschenk Gottes." - „Und warum habe ich ihn dann nicht?", kam es aus Karls vollem Mund. „Bevorzugt Ihr Gott einzelne Menschen?" Ernst, aber auch mit einem Hauch von Leichtigkeit schaute Maria Bauer ihn an. „Nun, in dieser Jahreslosung steckt ja beides drin: Glaube und die Bitte um das Glaubensgeschenk." Karl blickte ihr in die Augen: „Geht das so einfach, mit Bitten?" Freundlich erwiderte Maria den Blick ihres Gegenübers: „Hinter dieser Bitte steckt ja mehr. Es ist nichts Oberflächliches, sondern eine große, große Offenheit des Menschen, der so spricht." Das schien Karl einzuleuchten. „Und", fuhr sie fort, „eine große Verzweiflung. Da bittet ein Vater, dessen Kind schwer erkrankt ist. Er fleht Jesus um Hilfe an." „Ihr mit eurem Jesus", entfuhr es Karl. Dann hielt er sich erschrocken die Hand vor den vollen Mund. „Verzeihung." Die Sekretärin schmunzelte. „Kein Problem, das ist ja wahrscheinlich alles neu für Sie." Karl nickte. Mit dem letzten Bissen im Mund mochte er nicht mehr sprechen. „Übrigens", sagte Maria und stand auf, „mögen Sie einen Schluck Kaffee?" Verwirrt nickte Karl. Soviel Freundlichkeit war ihm lange nicht mehr begegnet. Dankbar umschloss er mit seinen rauen Händen den warmen Becher, den ihm Frau Bauer reichte. Als das warme Getränk seine Speiseröhre hinabfloss, fühlte er sich beinahe wie im siebten Himmel. „Ein interessanter Begriff", dachte er bei sich. „Woher mag er wohl stammen?" „Ja, wir mit unserem Jesus", führte Maria Bauer das unterbrochene Gespräch fort. „Das will ich Ihnen sagen: Weil Gott mit ihm Gesicht gezeigt hat hier auf Erden. Und, er ist für die Ärmsten und Verzweifelten da." Zweifelnd schaute Karl sie an. Das klang gut gemeint. Aber was half es ihm? Andererseits ..., hatte er es nicht gut gehabt hier im

Büro mit Essen und Trinken? Die Sekretärin schien seine Zweifel zu ahnen. „Kommen Sie mal mit. Sie kennen doch unseren Pastor?" „Ja", murmelte Karl und nickte. „Ich bringe Sie mal zu ihm. Der kann vielleicht mehr für Sie tun?"

Überrascht sah Pastor Dreimann auf, als seine Sekretärin gemeinsam mit Karl bei ihm auftauchte. Er reichte dem Obdachlosen die Hand. „Wir sind uns ja schon einige Male begegnet", meinte der Pfarrer freundlich. Dabei schaute er Karl eine Weile sinnend an, um dann zur Überraschung seines Gegenübers mit einem ungeahnten Vorschlag herauszuplatzen: „Wissen Sie was, wir haben hier ein Gästezimmer mit einer Dusche. Es steht derzeit leer. Wollen Sie einige Tage darin verbringen?" Karl stand mit offenem Mund da. Wollten die etwas von Ihm? Aber nein, wer sollte ihn schon bestechen. Innerlich schmunzelte er über sich selbst. Dann kam zögernd ein „Ja, danke" aus ihm heraus. Und während Maria Bauer sich in ihr Büro zurückzog, holte der Pastor zusammen mit Karl dessen Utensilien ins Haus und führte ihn ins Gästezimmer. „Vielleicht ist es gut, wenn Sie nach dem Duschen Ihre Kleidung wechseln", meinte Dreimann. „Ein paar neue Sachen haben wir sicher auch. Ich suche Ihnen welche zusammen."

Tage später sah Karl schon anders aus. Sauberer Pullover, saubere Hose. Häufig saß er zu den Mahlzeiten bei der Pastorenfamilie mit am Tisch. Immer wieder drehten die Gespräche sich um den Glauben, die Jahreslosung – deren Begriff ihm der Theologe erklärt hatte - und Jesus.

Als alter Vagabund zog es Karl jedoch immer wieder nach draußen. Meistens suchte er seine Schicksalsgenossen auf, unter Brücken und in Tunnelgängen. Die befragten ihn neugierig nach seiner neuen Kleidung und wo denn sein Schlafsack sei? Als die Buddel kreiste, nahm Karl nur einen kleinen Schluck. - „Nanu", hieß es, „magst du den Stoff nicht mehr?" Karl räusperte sich, schluckte noch einmal. „Nein", kam es langsam aus ihm heraus, „ich habe etwas ... etwas Besseres gefunden." Dann erhellte sich sein angespanntes Gesicht allmählich. Wie ungewollt flammte in ihm ein innerer Geistesblitz auf: „hilf meinem Unglauben" ... Und er erzählte stockend aber immer freudiger von seinen Erlebnissen der vergangenen Tage.

Onkel Johnny oder Die Sonne, die mir lacht

Wir liebten Onkel Johnny. Viele Familienfeiern wurden durch ihn belebt. Sein Humor war beglückend. Nicht oberflächlich, sondern tiefsinnig oder auch situationsbezogen. Manchmal hatte er auch gute Sprüche auf Lager: „Auch nachts drücke ich gern ein Auge zu" oder „Sogar nackend habe ich noch ein Ass im Ärmel" – und dann leiser werdend: „ ...nämlich die Liebe meines Herrgotts".

Auf uns Kinder ging er gern ein. In großer Freiheit und mit einem Strahlen in den Augen erzählte er von der Freude des Glaubens. Der Liederdichter Paul Gerhardt hatte es ihm angetan. Die Liedzeile „Die Sonne, die mir lacht, ist mein Herr Jesus Christ" war Onkel Johnnys Lebensmotto. Hin und wieder, wenn es angebracht war, sprach er von seinen Erlebnissen als Christ, von der Bewährung des Glaubens und dem Trost Gottes. Natürlich hatte er auch seine Macken. Darauf wies er selbst immer wieder hin. „Glaubt keinem, der nicht ernsthaft durchblicken lässt, dass er auch seine schwachen Seiten hat, oder hin und wieder kräftige Bolzen schießt. Wir sind weder Engel noch vollkommen. Heilige sind nur die, die sich trotz ihrer Schwächen von Gott getragen wissen." Und dann erzählte er uns gern von Paul Gerhardt, der als Pfarrer im 17. Jahrhundert lebte. Gerhardt hatte nicht nur die Schrecken des 30-jährigen Krieges und eine entsetzlich Pestseuche erlebt, er musste auch den Tod von vier seiner fünf Kinder und den seiner Frau verkraften. Und doch waren er und seine Choräle tief erfüllt von Gottes belebender, vergebender Kraft. Ihr wisst ja, „die Sonne, die mir lacht …". Dann schaute der Onkel uns meistens mit leuchtenden Augen an.

In Abständen lud er uns Kinder mit Eltern zu den Familiengottesdiensten in seine Kirchengemeinde ein. Die machten großen Spaß. Hin und wieder war er selbst beteiligt. Es wurde gelacht und gesungen, gebetet und spannend vorgetragenen Geschichten aus der Bibel gelauscht.

Am schönsten aber war es für uns Kinder, wenn Onkel Johnny von seinen Streichen aus der Jugendzeit erzählte. Dabei betonte er immer wieder: „Lasst euch nicht weißmachen, dass ein Christ anderen keine Streiche spielen darf. Die bringen Farbe ins Leben. Nur sollte man niemandem etwas Böses tun oder Schaden zufügen. Ist etwas witzig und originell, so würzt es das Leben." Auch unsere Eltern, Großeltern und Verwandten schmunzelten dann. Meistens warnten sie uns: „Vorsicht, Onkel Johnny macht auch heute noch Streiche." Hörte der Onkel es, schaute er ganz ernst, so als könne er kein Wässerchen trüben. Dann lächelte seine Frau, Tante Franzi, und sagte: „So hab ich ihn kennen gelernt. Wenn er so guckt und behauptet, er hätte nichts getan, dann war er's."

Und wenn wir Kinder uns um ihn gescharrt hatten, erzählte er: Von Juckpulver auf Klobrillen und von altem Käse hinter Heizungen. „So war er aber nicht nur als Jugendlicher. Auch als Erwachsener hat er sich noch ausgetobt", warf dann Tante Franzi ein. „Oh, erzähl, Onkel Johnny." „Nein, nein", erwiderte er dann manchmal, „für heute ist es genug. Vermutlich habe ich schon zu viel Schaden bei Euch angerichtet." Ein kurzes Glitzern in seinen Augen verriet allerdings, dass er diese Aussage nicht ganz ernst meinte.

Auf einer der nächsten Feiern sprachen wir ihn wieder darauf an. „Nein, ihr Lieben", konnte es dann heißen, „heute ist ein ernster Tag, da passt es nicht." Auf einem der nächsten Feste hatten wir dann wieder mehr Glück und Onkel Johnny war auskunftsfreudiger. Er erzählte, wie er in jungen Jahren mit seinen Freunden zu Silvester heimlich Niespulver in der U-Bahn verstreute und der halbe Waggon plötzlich zu niesen begann. Vor allem wir Jungen amüsierten uns. Begeistert baten wir den Onkel um ein weiteres Erlebnis. In sich hinein lächelnd, meinte der Onkel: „Gut, eine Geschichte noch. Eines Tages gab es im Betrieb ein großes Glucksen. Halb offen, halb hinter der Hand wurde von einem seltenen Fund auf der Herrentoilette gesprochen. Es war im Winter. 'Das habt ihr noch nie gesehen', meinte einer aus meiner Abteilung. 'Was denn?' - 'Du denkst, dich tritt ein Pferd.' - 'Im wahrsten Sinne des Wortes', übernahm ein anderer Kollege. 'Wieso, erzähl schon', baten ich und andere. 'Ja, wart ihr noch nicht auf dem WC?' - 'Nein?!' 'Nun, in einer Kloschüssel liegen in schönster Eintracht einige Pferdeäpfel, leicht mit Stroh garniert. Ein uriger Anblick. Wer das wohl war?' 'Sicher einer von den Praktikanten. Die haben doch nichts Besseres zu tun.' - 'Das müssen wir sehen', sprachen die anderen Kollegen und eilten in Richtung Herrentoilette.'" Mit großen Augen schauten wir Onkel Johnny an. „Warst du das?" „Nun ja", nickte er. „Ich hatte eine Nachbarin gebeten, die häufig morgens früh ausritt, mir doch einige gefrorene Pferdeäpfel mitzubringen. Als sie von dem Scherz erfuhr, war sie sofort bereit." „Und keiner hat herausbekommen, dass Du es warst?", fragten wir aufgeregt den Onkel. „Einer doch", meinte er, „aber das war ein Kollege mit ebenfalls viel Humor. Am nächsten Tag lag nämlich ein verschlossener Brief auf meinem Schreibtisch. Als ich ihn öffnete, stand darin: „Werter Kollege. Ich mache mir Sorgen um ihre einseitige Ernährung. Sie sollten weniger Hafer zu sich nehmen." Begeistert schlugen wir uns auf die Schenkel. Onkel Johnnys Erzählungen waren einfach köstlich.

Aber auch im Alltag gab es humorvolle Erlebnisse mit unserem Onkel. Einmal begleitete er mich zum Arzt. Als wir das volle Wartezimmer betraten, meinte er nur „Uff, das kann lange dauern." Und während wir uns nach freien Sitzplätzen umsahen, entdeckte er in der Ecke des Raumes ein Skelett, wie es in vielen Arztpraxen steht. Spontan ging er darauf zu und sprach es an: „Ach, Sie warten wohl schon länger hier?" Schallendes Gelächter begleitete seinen Auftritt. Befriedigt schmunzelnd nahm er dann mit mir Platz.

So war Onkel Johnny. Diese Scherze haben wir als Kinder und Jugendliche begeistert in uns aufgenommen. Auch später gab es viel zu lachen mit ihm. Aber gleichzeitig sorgte er auch immer für informative, ernsthafte Gespräche und Diskussionen. Ähnlich seinem Humor war seine teilnehmende Art. Er konnte sich intensiv in Menschen hineinfühlen. Im Gespräch unter vier Augen oder in Briefen und Telefonaten. Dass er selbst wettsüchtig war und einiges Geld bei Sportwetten verloren hatte, erfuhr ich erst später als Erwachsener. Aber nicht von anderen, sondern von ihm selbst. In einer für mich problematischen Situation brachte er mir gegenüber seine eigenen Schwierigkeiten als Beispiel unserer Sündhaftigkeit und unseres Stückwerks ins Spiel. Damit und mit einer konkreten Hilfe – er hatte gute Verbindungen – half er mir weiter. Ebenso mit unseren gemeinsamen Gebeten. Und dann auch immer wieder mit seinem Humor. „Wenn wir den nicht hätten", sagte er, „und dadurch vieles barmherziger und befreiter sehen könnten, würden wir zu nörgelnden Besserwissern, für die der Glaube nur noch ein verkleisterter Moralkult ist. Und das wäre schlimm. Denn die Freiheit in Christus ist die größte Befreiung, die uns Menschen geschenkt ist."

Uns Kinder von einst hat Onkel Johnny vor einem moralinsauren Leben bewahrt, durch seinen Humor, seinen handfesten Glauben und durch seine Augen, mit denen er fröhlich zwinkerte, oder die er barmherzig zudrückte. Denn die Sonne, die ihm lachte, war sein Herr Jesus Christ.

Das Geschenk

Wenn Kleines groß wird

„Pass mal auf, mein Junge. Heute schenke ich dir etwas Wertvolles." So sprach Tante Leni Anfang der 1960er Jahre zu mir. Aufmerksam schaute ich sie an. Was könnte es sein? Nach einem Buch oder einer Schallplatte klang es nicht. Schon gar nicht nach einer damals üblichen Brieftasche oder Krawatte. Nein, eher nach einem Familienerbstück oder vielleicht auch Geld? Gespannt wartete ich mit meinen 15 Lenzen, was da auf mich zukommen würde. Dann streckte sie mir ihre rechte Hand entgegen, öffnete sie – und tatsächlich, ich sah einen Geldschein, erkannte ihn aber nicht. Umgehend wurde das Rätsel gelöst. „Weißt du", sprach sie, „es ist ein Dollar. Aus Amerika." Etwas frustiert war ich schon. Innerlich. Nach außen ließ ich mir aber nichts anmerken. Freudig-freundlich das anzunehmen, was andere mir schenken, so war ich erzogen worden. Und ein Dollar war zu dem Zeitpunkt vier Deutsche Mark wert. Natürlich sind vier Mark für einen 15-Jährigen besser als nichts.

Aber die große Ankündigung des Geschenks hatte mich einiges mehr erwarten lassen. Nun, während ich meine Enttäuschung so gut es ging hinunter schluckte, fuhr Tante Leni fort, mir ihre Gabe zu erklären. Und dann erfuhr ich von den beiden Weltkriegen die sie erlebt hatte, an deren Ende das besiegte deutsche Volk schwer hungerte. Die einheimische Währung, zuerst nach dem Kaiserreich und dann, knapp drei Jahrzehnte später nach der grausamen Nazi-Diktatur, war nichts mehr wert gewesen. Gut dran waren die Menschen, die damals harte ausländische Währung besaßen. Allen voran der US-Dollar, das Zahlungs- und Zaubermittel schlechthin. Aus dieser Erfahrung heraus schenke sie mir nun den Dollarschein. Man könne nicht wissen, ob jemals wieder so eine Zeit kommen werde. Ich solle den Schein gut aufbewahren.

Nun ja, ich bedankte mich brav und verwahrte ihn von da an in meiner kleinen Geldkassette. Als ich meinen Eltern davon berichtete, machten sie auch etwas große Augen und meinten, allzu viel könne man sich von einem Dollar ja wohl auch in schlechten Zeiten nicht leisten.

Jahre später, als Erwachsener, habe ich die Absicht meiner Großtante anders eingeordnet. Sie wollte mir letztlich etwas Gutes tun und den Blick eines unerfahrenen Jungen in die Zukunft lenken.

Jahrzehntelang lag der Schein in meiner Geldkassette. Als Notgroschen in inflationären Zeiten benötigte ich ihn zum Glück nie. Die grässlichen Erlebnisse eines Währungsverfalls, wie sie in den Zeiten nach den beiden Weltkriegen die Menschen erschütterten,   traten bei uns dankenswerter Weise nie ein. Folglich war das Geschenk für mich letztlich umsonst? So dachte ich viele, viele Jahre.

In der Funktion eines freien Beraters und zugleich in einer Phase persönlicher finanzieller Enge bekam ich eines Tages den Auftrag eines Unternehmens, innerhalb weniger Stunden einen Vortrag zum Thema Altersvorsorge zu erarbeiten. Gerichtet an Großeltern, die für ihre Enkelkinder eine sinnvolle Möglichkeit der Kapitalvorsorge suchen. Verzweifelt forschte ich nach einem griffigen Aufhänger, einem Bild, dass diesen Gedanken illustrieren und transportieren könnte. Ich nutzte die frische Winterluft für einen Spaziergang, um mein Gehirn zu lüften. Der Druck, zügig ein Vortragsthema zu finden, wühlte mich auf. Allmählich wurde ich an der Luft jedoch ruhiger und überprüfte meine unterschiedlichen Ansätze. Aber keiner überzeugte mich. Inzwischen war es dunkel geworden. Sinnierend und betend blickte ich in die Straßenbeleuchtung, als ich plötzlich innerlich aufmerkte. Wäre nicht mit dem Dollarschein meiner Tante Leni etwas zu machen? Rätseln, kurzes Abwägen – und dann die freudige Erkenntnis: das ist es! Genau. Welches Bild passt besser zu einer wohlmeinenden Idee der Kapitalvorsorge von Großeltern für ihre Enkel?! Da war er, der Aufhänger. Erleichtert und mit einem fröhlichen „Danke Gott" im Herzen, machte ich mich an die Arbeit.

Nun ging es voran mit der Entwicklung des Vortrages. Sehr gut sogar. Mehrmals trug ich mein Referat vor unterschiedlichen Entscheidungsgremien vor, bis es genehmigt wurde. Das Konzept handelte von Rissen im sozialen Netz, von ihren Folgen für unsere nachfolgenden Generationen und von einer gewissen Vorsorgeverantwortung der Großeltern gegenüber den Enkelkindern. Man entlohnte mich für den Vortrag mit einer Summe, die den Wert des einen Dollars um ein Vielfaches überstieg. Innerlich schmunzelnd machte ich einen Kassensturz. Dabei ging mir ein Licht auf. Beglückt erkannte ich, dass dieser eine Dollar dank Gottes Hilfe mich zwar nicht durch eine Inflation hindurch getragen hatte, aber in gewisser Weise durch einen finanziellen Engpass. Und damit war die Absicht meiner Großtante letztlich erfüllt worden. Aus einem kleinen, ein wenig missachteten Geschenk, war eine echte finanzielle Hilfe geworden.

Nun erst konnte ich im Geiste einen ernsthaften Dankesgruß an meine verstorbene Großtante schicken. Im Geiste aber sah ich auch den Herrgott schmunzeln. Na, wieder was gelernt?!

In der Tat. Ich erkannte, wie oft das Geringe fälschlicherweise missachtet wird. Wie gut, wenn wir dann einen langen Atem geschenkt bekommen und erleben, dass aus etwas Kleinem manchmal Größeres wird. Übrigens, seinen Platz in meiner Geldkassette behielt der Dollarschein auch nach dem Vortrag bei, bis er viele Jahre später Opfer eines Einbruchs und mit der gesamten Geldkassette gestohlen wurde. Schade, aber seine Absicht hatte er ja erfüllt.

Das Mai-Wunder

Können Träume wahr werden?

In der Klasse und auf der Straße nannten sie ihn nur den Träumer. Der kleine Daniel war voller Fantasie und eine Leseratte. Kaum hatte er ein Buch zwischen den Fingern, träumte er sich intensiv in die erzählte Welt hinein. Daniels größtes Glück waren die Abenteuer von Karl May, die er vor gut einem halben Jahr entdeckt hatte. Seitdem kam der knapp Elfjährige von dem sächsischen Erzähler und seinen Figuren nicht mehr los. Begeistert erzählte Daniel seinen Freundinnen und Freunden von jeder neuen Geschichte und schmückte sie aus. Viele Jungen verstanden ihn nicht. Sie hatten nur ihre elektronischen Spiele im Sinn. Die Mädchen in seinem Alter lasen eher, doch zumeist anderes. Bis auf die gleichaltrige Lea. Die hatte sich von Daniels Begeisterung anstecken lassen und schwärmte nun von Winnetou und vor allem von dessen Schwester NschoTschi. Weil Daniel mit seinen Büchern jedoch immer schon weiter war als seine Freundin, hing sie gespannt an seinen Lippen, wenn er ein ihr unbekanntes Abenteuer ansprach.

Der Junge hatte es nicht leicht. Er lebte allein mit seiner Mutter. Sein Vater Kai war nach einer schweren Krankheit gestorben. Nun war die Mutter alles, was Daniel hatte. Er hing sehr an ihr und sie an ihm. Wenn sie nicht arbeiten musste, genoss sie es, mit ihm zusammen zu Mittag zu essen. Schmunzelnd nahm sie Daniels quirliges Geplauder aus der Schule wahr und schaute ihren Sohn immer wieder liebevoll an, wenn er sich begeistert in die Welt Karl Mays und seiner Figuren versetzte. Was waren Old Shatterhand und Winnetou doch für Helden. Stark, aber vor allem menschenfreundlich und listig. Das Leben anderer stand hoch. Ebenso Old Shatterhands Gottvertrauen. Das entsprach auch dem, was Daniel im Kindergottesdienst und in der kirchlichen Jungengruppe lernte. All das faszinierte und prägte ihn. Besonders hatten es Daniel in den Indianergeschichten aber drei Westmänner angetan, die nicht nur listenreich, sondern auch äußerst kauzig auftraten: der urige Sam Hawkens mit wuseliger Perücke und Flickenmantel und seine beiden langen Freunde Will Parker und Dick Stone, genannt das Kleeblatt. Der Humor des Trios und Sams unvergleichliches „Wenn ich mich nicht irre, hi hi" verzückten den Jungen auf jeder neuen Buchseite. Daniel war in die drei so vernarrt, dass er am liebsten mit ihnen durch den Westen geritten wäre. Ja, manchmal kam es ihm so vor, als würde das Trio nur auf ihn warten, und er als vierter an ihrer Seite durch Prärie und Buschwerk schleichen.

Seine Mutter erfreute sich an der Begeisterung ihres Sohnes. Und da im Nachbarort alljährlich Karl-May-Spiele stattfanden, wollte sie in diesem Jahr zum ersten Mal mit ihm dorthin. Daniel freute sich riesig und war gewaltig aufgeregt, denn es dauerte noch einige lange Wochen.

„Ma", sagte er eines Tages, „wenn ich mal in großer Gefahr wäre, glaubst du, dass mir Sam Hawkens und seine Freunde dann helfen würden?" -"Aber Daniel", antwortete seine Mutter liebevoll, „das sind doch nur Figuren aus einer Erzählung, die leben doch nicht in Wirklichkeit." „Trotzdem", meinte ihr Sohn beharrlich, „ich bin doch fast wie ein Freund von ihnen." Daniels Blick war dabei in die Ferne gerichtet. Seine Mutter musste schlucken und ihre Augen wurden feucht. „Herr, beschütze ihn", betete sie innerlich.Sie wollte ihm nicht seine romantischen Gefühle zerstören. Einfühlsam meinte sie daher: „Weißt du, ich glaube dass Gott liebevoll auf uns achtet. Und …, bei ihm ist nichts unmöglich.- Übrigens," lenkte sie zu einem anderen Thema über, „ich muss nachher noch mal los. Willst du nicht ins Schwimmbad gehen, heute ist so schönes Wetter. Es ist zwar erst Ende Mai, aber dafür seit Tagen sonnig und warm." „Au ja", rief Daniel begeistert, im Wasser tobte er für sein Leben gern. „Du kannst ja Lea anrufen, vielleicht kommt sie mit?" „Das mach ich, Ma". Und er sprang zum Telefon. Seine Mutter brachte die Essensreste und das Geschirr in die Küche. In ihren Gedanken mischten sich Freude und Trauer. Wenn Kai doch seinen Sohn erleben könnte. Daniel ist ein so lieber Kerl...

„Lea kommt mit, Mama!" - „Prima. Dann zieh schon mal deine Badehose an und packe dir ein Badetuch und eine Decke ein. Ich gebe dir was zu Trinken und zu Naschen mit." „Danke, liebste Mama", rief er freudig. Dann aber drängte sich ein Erlebnis in Daniels Kopf, das er eigentlich schon vergessen hatte. Drei ältere Jungen waren es gewesen, die ihm schon einige Male aufgelauert hatten. Einmal wollten sie ihn verprügeln, und er konnte sich nur entziehen, weil er auf dem Fußpfad ein Loch im Zaun kannte. Aber neulich, auf dem Gang zum Sportplatz, hatten sie ihm wieder aufgelauert. Auf dem Waldweg in der Nähe des Fotostudios, wo Daniel sich gern die Bilder im Schaufenster anschaute. Daran musste er denken. Die Jungen waren gemein, hänselten ihn und hatten ihm dann seinen Ball geklaut. Mit Mühe hatte er sich die Tränen verbissen und seiner Mutter nichts von der

Begegnung erzählt. Die hätte sich nur Sorgen gemacht. Daniel wischte die Gedanken beiseite und verabschiedete sich mit einer herzlichen Umarmung von seiner Ma. An der Straßenecke wartete schon Lea auf ihn. Er blickte sich noch einmal zu seiner Mutter um, die ihm nachwinkte. „Lieber Gott, beschütze ihn", murmelte sie. Dann packte auch sie ihre Sachen und machte sich auf den Weg zu einer ihrer Arbeitsstellen.

Währenddessen zogen Daniel und Lea fröhlich erzählend in Richtung Schwimmbad. Je näher sie dem Fotostudio kamen, desto stiller wurde Daniel. Lea bemerkte es. „Was ist los, Daniel?", fragte sie. Er druckste herum, aber dann erzählte er ihr von seinen Begegnungen. „Die sind gemein", schimpfte Lea, und wurde auch still. Langsamer werdend und aufmerksam um sich blickend, näherten sie sich dem Atelier. Sie schlugen ihren Schleichweg ein. Ein Trampelpfad, der neben dem von hohen Büschen gesäumten Garten des Fotostudios durch ein kleines Wäldchen zum Freibad führte. Kaum hatten beide die ersten Meter hinter sich, schossen aus dem Gebüsch drei etwa 15-jährige Jungen hervor. Sie griffen Daniel und Lea und zogen sie in das Buschwerk hinein. „Oh, der junge Mann hat heute eine Prinzessin dabei. Auch nicht schlecht", meinte der Anführer. „Du fängst aber früh an." Ein meckerndes Lachen folgte. Lea und Daniel sahen sich ängstlich an. Ach, wären doch Karl Mays Helden hier, zog es sehnsüchtig durch Herz und Sinn des kleinen Träumers. Weiter konnte Daniel kaum denken. Vor Angst wurde ihm schlecht. „Woll'n doch mal sehen, was ihr bei euch habt?" Jeweils einer der Jungen hielt Lea und Daniel fest, der Anführer durchsuchte ihre Taschen.

Die Kleinen waren kreidebleich geworden. Die Angst hatte ihnen die Kehle verschlossen, so dass nicht mal ein Hilferuf hervor tönte. „Das ist ja nicht viel", maulte der Chef der Bande, als er ihre wenigen Euro Eintrittsgeld in den Händen hielt. „Habt ihr nicht mal ´n Handy? Eure Eltern leben wohl von der Sozialhilfe, was? Da bringt ihr mir aber übermorgen was mit. Jeder zwanzig Euro, ist das klar!"
„Aber, soviel habe ich nicht", stotterte Daniel. „Ich auch nicht", jammerte Lea. „Ich lass mich nicht verscheißern", brüllte der Boss und holte in dem Moment ein Messer hervor. „Soll ich euch ein paar kleine Tätowierungen machen?"
Lea schrie auf und fing lauthals an zu weinen. Auch Daniel stiegen die Tränen in die Augen. Vor allem wurde ihm übel. Sein Magen krampfte sich zusammen. Er sah, wie sich der Arm mit dem Messer hob, als plötzlich – nein, träumte er? – ein Gewehrkolben gegen den Arm schlug und das Messer zu Boden fiel. Mit kräftigem Ruck wurden die drei Jungen zurückgezogen und mehrere Männerstimmen riefen: „Seid ihr verrückt geworden?!" In Daniels Kopf drehte es sich. Neben sich sah er einen kleinen Mann mit Perücke und geflicktem Ledermantel. Daneben zwei lange Kerle. Der eine in eine Husarenjacke gekleidet, der andere mit einem Umhang über seinem Lederwams. Bin ich tot, oder träume ich? Jubel erfüllte Daniel. Das Kleeblatt ist da! Nein, Blödsinn. Er träumte. Dann riss er erneut die Augen auf. Sam Hawkens stand tatsächlich vor ihnen. „Keine Angst, ihr Beiden. Es ist alles gut." Mit einer Hand hielt er einen der Jungen am Schlafittchen, mit der anderen seine Büchse, die Liddy. Dick Stone und Will Parker hatten die beiden anderen Burschen fest am Kanthaken. In Daniels Schädel dröhnte es. Dann sackte er ohnmächtig zusammen.

Als er wieder erwachte, schaute seine Mutter ihn liebevoll an. Daniel lag in seinem Bett. Also hatte er alles nur geträumt. Schade, dachte er und Tränen der Enttäuschung rannen über seine Wangen. Seine Mutter streichelte ihn. „Weine dich aus, das tut gut. Du hast ja auch Schlimmes erlebt." „Schlimmes?" Fragend schaute Daniel seine Ma an. Dann schlang er die Arme um sie: „Ob du es glaubst oder nicht, Mama, ich habe geträumt dass Sam Hawkens, Will Parker und Dick Stone Lea und mich gerettet haben." Die Mutter sah ihn eine Weile still und beglückt an. „Das hast du nicht geträumt", sagte sie, und drückte ihm einen dicken Kuss auf die Wange. „Nicht?" Verwirrt schaute Daniel sie an. „Nein, es war wirklich so. Drei Jungen haben euch überfallen und mit dem Messer bedroht. Und dann kam das Kleeblatt euch zu Hilfe." Daniel konnte es nicht fassen. „Also doch", jubelte er, „wie ich gesagt habe. Ich habe es doch gewusst!", triumphierte er. „Und du hast mir nicht geglaubt, als ich es heute bei Tisch sagte." „Das stimmt", kam es liebevoll aus dem Mund seiner Mutter, die ihren Sohn immer wieder streichelte. „Ich glaube, da hat der Herrgott mitgespielt." "Wieso?", fragte Daniel verwirrt. „Nun, Sam Hawkens und seine Kameraden sind die Darsteller der Karl-May-Spiele im Nachbarort. Sie befanden sich im Garten des Studios zu Fotoaufnahmen für die Presse. Da bemerkten sie, was jenseits des Gartens geschah, eilten euch zu Hilfe und riefen die Polizei. Die Jungen wurden mit auf die Wache genommen."

Daniel konnte es nicht fassen. Aus seinem Gesicht strahlte eine Mischung aus Seligkeit und Verwirrung, die auch durch ein Läuten an der Tür nicht verschwand. „Wer ist das?", fragte Daniel aufgeregt. Ein kaum merkliches Schmunzeln zog über das Gesicht seiner Mutter. Sie ging, um die Tür zu öffnen. Eine Weile war es still. Unruhig schaute Daniel zur Zimmertür. Dann blieb ihm der Mund vor Staunen offen stehen. Mit verschmitzten Gesichtern betraten drei Männer den Raum, zwei lange und voran ein kleiner - das Kleeblatt. „Müssen doch mal sehen, was unser kleiner Freund macht, wenn ich mich nicht irre, hi,hi,hi …" - „Wenn du meinst, Sam, dass uns in ein paar Wochen ein Zuschauer fehlt, hast du dich aber geschnitten", antwortete Dick Stone, und drückte Daniel ein paar Freikarten in die Hand. „Richtig, altes Coon", ergänzte Will Parker lakonisch, „das kleine Bleichgesicht sieht ja schon wieder ganz rosig aus." Und tatsächlich war Daniel vor Aufregung im Gesicht knallrot angelaufen. Das Herz klopfte ihm vor Freude bis zum Hals. Jetzt nur nicht wieder in Ohnmacht fallen, dachte er. Dann stieß er zu seiner eigenen Überraschung einen lauten Jauchzer aus und rief: „Toll, dass ihr da seid. Das ist der schönste Tag in meinem Leben!"

So ihr nicht werdet wie die Kinder

Verlockende Bücherwelt

Die Turmuhr des Doms schlug Elf. Es war ein kalter Frühlingstag. Sinnend stand er vor dem Buchladen und betrachtete die Auslagen in den ansprechend geschmückten Schaufenstern. Passion und Ostern waren in Büchern und Bildern, Bastelsets und farbenprächtigen Kinderbüchern dargestellt. Kein Wunder, die hohen christlichen Feiertage standen kurz bevor. Viele Menschen hasteten an der Buchhandlung vorüber. Schade, dachte er, sie sieht so schön und geschmackvoll aus. Vor allem die Kinderbücher faszinierten ihn. Farben, Material und originelle Titel weckten sein Interesse. Gern hätte er sich in seiner Kindheit auch in diese Prachtbände vertieft. Damals allerdings war die Auswahl nur gering, das Geld zuhause knapp und das Interesse am Glauben in seiner Familie nicht vorhanden gewesen. Heute würde er gern mehr erfahren. Warum nicht durch die Kinderbücher, durchschoss es ihn? Aber welcher Erwachsene blättert schon in Bänden für die Kleinen? Das wäre ihm peinlich. Enkel zum Vorlesen hatte er nicht. Allerdings, da war die kleine Nachbarstochter? Manchmal unterhielten sie sich von Balkon zu Balkon. Und einmal hatte er in seiner Wohnung schon auf sie aufgepasst, als ihre Mutter dringend aus dem Haus musste. Er hatte sich mit der Kleinen gut verstanden. Sie war fröhlich, fragte ihn Löcher in den Bauch und schaute mit ihm auch Bilderbücher an. Allerdings besaß er nur wenige, und die stammten aus seiner Kindheit.

Wenn er sich nun doch im Laden umsah? Vor allem ein Buch hatte es ihm angetan, „KreuzWege" hieß es. Auf dem Umschlagbild trug Jesus ein schweres Holzkreuz. Natürlich hatte er von dessen Kreuzigung gehört, aber nie verstanden, warum es geschah? Es hatte immer so theoretisch geklungen. Vielleicht sollte er mal in ein theologisches Werk hineinschauen? Aber auch das stieß ihn ab. Es wirkte alles so kompliziert. Gab es nicht eine ganz einfache Antwort zum Kreuz Christi? Innerlich musste er schmunzeln, hatte er vielleicht ein Brett vorm Kopf? Wie ein Blitz kam ihm der Gedanke: War es sein eigenes Kreuz, das ihm den Weg versperrte? Er bekam den Blick von dem Kinderbuch nicht mehr los. Bild und Buch schienen sein Herz zu erobern. Gern würde er es kaufen, aber es war ihm peinlich. Er kannte sich. Manchmal wurde er sehr schnell rot im Gesicht. Und das würde ihm beim Kauf des Kinderbuches garantiert auch passieren.

Langsam und ein wenig traurig wandte er sich vom Fenster ab, als ein kleines Mädchen neben ihm mit großen Augen auf das Fenster zulief und das Buch ebenfalls fasziniert betrachtete. Nach einem kurzen Moment drehte es sich um und lief seiner Mutter hinterher, die mit Kinderwagen und Geschwisterkind schon weitergegangen war. „Mama", rief die Kleine ungeniert, „warum muss Jesus das Kreuz tragen?" Dann wurde die Entfernung zu groß. Eine Antwort vernahm er nicht mehr. Eine seltsame Regung durchfuhr ihn. In einer Zeit, wo kaum noch jemand öffentlich über Gott und den Glauben sprach, hatte das Mädchen viel von sich gegeben. Ganz viel. Nicht nur, dass der Name Jesus der Kleinen erkennbar etwas sagte, nein, es hatte auch genau den Punkt getroffen, der ihn bewegte. Kindlich, wissensdurstig und voller Natürlichkeit hatte sie die Frage geäußert, die er als Erwachsener nie seinen Freunden zu stellen gewagt hätte. Es zog wie ein beglückendes Gefühl durch ihn hindurch. Die Unbekümmertheit des Mädchens hatte seine ängstliche Verschlossenheit durchbrochen. Mehr noch, er fühlte sich erleichtert und ein Stück befreit. Lächelnd trat er nun wie von selbst in den Laden hinein. Mit einem Leuchten im Gesicht erwarb er das Buch und schritt fröhlich gestimmt dem Ausgang zu, als sein Blick dort auf den hoch getürmten Angebotsstapel eines kleinen Bandes fiel, den er vorher nicht wahrgenommen hatte: „So ihr nicht werdet wie die Kinder …" lautete der Buchtitel. Er stutzte, lachte dann hell auf, ergriff das oberste Exemplar und ging noch einmal zur Kasse, um danach die Buchhandlung überraschend leichtfüßig zu verlassen.

Der Kommissar-Trick

Erste Version

Stefan sah gut aus. Er war Anfang Vierzig, schlank, mittelgroß. Seine Haare durchzog ein leichtes Grau, was ihn bei den Damen sehr attraktiv machte. Vor allem bei den Frauen, mit denen er in einer Laienspielgruppe Theater spielte. Zur Zeit übten sie ein neues Stück ein, das ihm wenig gefiel. Er hatte im Hintergrund zu agieren, während seine lebhafte Damenschar die Hauptrollen innehatte und Lacher und Beifall abräumen durfte. Dementsprechend reagierte er manchmal unwirsch und ließ seinen Frust an den Mitspielerinnen aus. Wie anders war es doch zuvor gewesen, als er in einem Krimi von Agatha Christie als Kommissar agieren durfte und das Geschehen nebst Publikum in der Hand hatte.

Nun lag erneut ein unbefriedigender Probenabend hinter ihm. Es war spät geworden. Säuerlich verabschiedete er sich von seinen Mitspielerinnen. Der Frust stand ihm ins Gesicht geschrieben. Verwirrt sahen ihm seine Kolleginnen hinterher. „Was ist mit ihm?" fragte eine. Der war doch früher nicht so." „Ärger Zuhause?" meinte eine andere. „Glaube ich nicht", ergänzte eine dritte. „Er ist einfach frustriert. Diesmal muss er uns das Feld überlassen. Das scheint er nicht zu vertragen." Dann wechselten die Damen das Thema.

Unterdessen überlegte Stefan kurz, ob er die Bushaltestelle oder lieber den Bahnhof anlaufen sollte. Spontan entschied er sich für den Zug und eilte der Station entgegen. Dort konnte er schnell noch in den letzten Wagen hineinspringen, ehe sich die Türen schlossen. In leichter Atemnot ließ er sich auf eine Sitzbank fallen, um sich dann – in Gedanken noch bei den Theaterproben - in dem fast leeren Waggon umzuschauen. Außer ihm war noch eine junge Frau im Abteil, die sich am anderen Ende ganz in die Ecke einer Sitzreihe verzogen hatte. Starr schaute sie aus dem Fenster. Aber sie und Stefan waren nicht allein. Zwei junge Männer, die ihn bisher schweigend beobachtet hatten, machten sich plötzlich mit dummen Sprüchen bemerkbar. „Ich brauch mal wieder ´ne Abwechslung. - „Ich auch", pflaumten sie sich an und schauten dabei eindeutig zu der jungen Frau hin. In Stefan begann es zu arbeiten. Was wird das? Müsste er etwas tun? Einschreiten oder lieber wegschauen?

Nun wechselten die Burschen ihre Plätze, rückten einige Sitzreihen näher an die Frau heran. Stefan war innerlich unruhig. Wie sollte er sich verhalten? Er war weder übergroß noch besonders stark. Sein Blick fiel auf die junge Frau. Die schaute ängstlich und rückte ganz eng an das Fenster heran. Sollte er ...? Während Stefan noch überlegte, kam ihm seine Kommissar-Rolle des vergangenen Stücks in den Sinn. Es war ein reines Bauchgefühl, das ihn forsch aufstehen und auf die Frau zugehen ließ. Die Burschen schauten verdutzt. Wollten den Mund öffnen. Er aber hatte eine Idee und kam ihnen zuvor. „Mensch, Christa," redete er die junge Dame an, die er gar nicht kannte, „wir haben uns ja lange nicht gesehen...". Setzte sich neben die Frau und drehte ihr dabei den Kopf zu, so dass nur sie sein leichtes Blinzeln sehen konnte. Würde sie darauf reagieren? Sie tat es. Überrascht sah sie ihn an. Ein erleichterter, warmer Blick traf ihn. Sie nahm den Ball auf. „Das ist wahr." Und spielte ihm, wenn auch mit leicht zittriger Stimme, den Ball wieder zu. „Und wie war dein Tag?" Das war die Frage, die Stefan hören wollte. Nun kam es darauf an. Lässig streckte er sich aus. Überraschte mit seiner Gelassenheit die beiden Burschen. Die waren immer noch auf dem Sprung, wollten aber wohl hören, was nun käme. Das war seine Chance. „Aufregend, Christa. Ich darf das gar nicht so laut sagen." Und leiser werdend, aber so, dass die beiden Rabauken es noch verstehen konnten: „Es gelang uns, eine langwierige Ermittlung abzuschließen". Dann wurde Stefan noch etwas leiser „Mit erfolgreichem Zugriff!". Das war sein Trumpf! Und wie zur Unterstützung griff er dabei unter sein Jackett in Achselnähe. Dort, wo zumindest bei Fernseh-Kommissaren, die Pistole im Holster sitzt. Die Burschen schwiegen und schauten sich verblüfft an. Wirkte sein Bluff? Noch zitterte der Möchtegern-Kriminalist innerlich. Von der Frau neben ihm ganz zu schweigen. Dann spielte Stefan noch einen Trumpf aus. „Morgen in den Nachrichten kannst du Bilder von der Verhaftung sehen". - „O ja", antwortete sie leise. Dann fuhr der Zug endlich in den nächsten Bahnhof ein. Die Frau blieb sitzen. Er auch. Aber die beiden Männer erhoben sich. Einer ließ noch knarrend einen Wind fahren, dann stiegen sie aus.

Als die Bahn weiterfuhr, sagte Stefan nur: „Puh, das war knapp". Eine Weile war es still neben ihm. Dann sah und hörte er, wie seine Nachbarin ein Schütteln durchzog und sie erleichtert in Tränen ausbrach.

Der Kommissar-Trick

Zweite Version

Sie nannten ihn den Charmeur. Stefan sah gut aus. Er war Anfang Vierzig, schlank, mittelgroß. Leichtes Grau an den Schläfen machte ihn nicht nur attraktiv, sondern verlieh ihm auch ein markantes Erscheinungsbild. Vor allem bei den Frauen, mit denen er in einer Laiengruppe Theater spielte. Zur Zeit allerdings übten sie ein neues Stück ein, das ihm nicht so gefiel. Er hatte im Hintergrund zu agieren, während seine agile Damenschar die Hauptrollen innehatte und Lacher und Beifall abräumen durfte. Dementsprechend reagierte er manchmal unwirsch und ließ seinen Frust an den Mitspielerinnen aus. So kannten sie Stefan bisher nicht. Wie anders war es doch zuvor gewesen, als er in einem Agatha-Christie-Krimi als Kommissar agieren durfte und das Geschehen nebst Publikum in der Hand hatte.

Nun lag erneut ein unbefriedigender Probenabend hinter ihm. Es war spät geworden. Säuerlich verabschiedete er sich von seinen Mitspielerinnen. Der Frust stand ihm ins Gesicht geschrieben. Verwirrt und enttäuscht sahen ihm seine Kolleginnen hinterher. Die Frage, „was hat er nur?", stand ihnen mehr als deutlich ins Gesicht geschrieben. Stefan nahm darauf keine Rücksicht. Er wollte nur nach Hause. Ein Blick auf die Uhr sagte ihm allerdings, dass ihm seine S-Bahn soeben davon gefahren war. 20 Minuten warten wollte er nicht. So eilte er der nahen Bushaltestelle entgegen, wo er schneller eine Verbindung bekommen würde. Allerdings lag der Standort in einer einsamen Gegend.

Die Haltestelle, von Gebüsch und einigen Bäumen umgeben, wurde in der Dunkelheit lieber gemieden. Hin und wieder war es dort schon zu unangenehmen Begegnungen gekommen. Trotzdem schritt Stefan zügig auf den Bus Stopp zu. Als er nur noch wenige Meter von dem Wartehäuschen entfernt war, sah er auf der Bank eine junge Frau sitzen, allein. Zugleich entdeckte er in geringer Entfernung zwei junge Männer, die sich mit dummen Sprüchen zielgerichtet der einsamen Frau näherten. „Guck mal die Alte", meinte einer der beiden. „Ob sie auf uns wartet ...?"

Stefan stoppte. Was war zu tun? Sich verstecken oder einschreiten? Aber wie? Nein, lieber nicht. Er hatte seine eigenen Probleme. Also umkehren ..., die Frau allein lassen ...? Die Burschen kamen der Wartenden immer näher. Die wirkte nicht unbedingt ängstlich, aber konzentriert. Schien zudem über Ohrstöpsel Musik zu hören. Aber als sie die Männer sah, rückte die junge Frau wie zum Schutz eng an die Seitenwand des Häuschens heran.

Stefan war noch immer unsicher. Da kam ihm seine Kommissar-Rolle des vergangenen Stücks in den Sinn. Es war ein reines Bauchgefühl, das ihn forsch weitergehen ließ, um sich der Frau zu nähern. Die Rowdys schauten verdutzt. Wollten den Mund öffnen. Stefan aber hatte eine Idee und kam ihnen zuvor. „Mensch, Christa," redete er die Wartende an, die er gar nicht kannte, „wir haben uns ja lange nicht gesehen...". Setzte sich neben die Frau und drehte ihr dabei den Kopf zu, so dass nur sie sein leichtes Blinzeln sehen konnte. Würde sie reagieren? Sie tat es. Überrascht blickte sie den gut aussehenden Mann an. Erstaunen aber auch Missbilligung und ein wenig Spott meinte Stefan in ihren Augen zu erkennen. Nein, er hatte sich getäuscht, ein warmer, freundlicher Blick traf ihn. Sie nahm den Ball auf. „Das ist wahr. Und, wie war dein Tag?" Das war die Frage, die er hören wollte. Nun kam es darauf an. Lässig streckte er sich aus. Überraschte mit seiner Gelassenheit die beiden still lauernden Burschen. Die schienen immer noch auf dem Sprung, wollten aber wohl hören, was nun käme. Das war seine Chance. „Aufregend, Christa. Ich darf das gar nicht so laut sagen." Und leiser werdend, aber so, dass die beiden Rabauken es noch verstehen konnten: „Wir haben eine langwierige Ermittlung abgeschlossen". Und noch etwas leiser „... mit erfolgreichem Zugriff!". Das war sein Trumpf! Und wie zur Unterstützung griff der angebliche Kriminalist dabei unter sein Jackett in Achselnähe. Dort, wo zumindest bei Filmkommissaren, die Pistole im Holster sitzt. Die Burschen schauten sich verblüfft an.

Wirkte sein Bluff? Der Herzensbrecher bekam Oberwasser. In Gedanken fühlte er sich schon von der Frau umarmt, die ihn dankbar anblickte. Dann aber überkam ihn kalter Schweiß. Er sah, wie einer der beiden ein Messer zückte. Aber das bekam Stefan nur noch am Rande mit. Plötzlich und unerwartet krachte die Faust des anderen in sein Gesicht, ließ seinen Kopf rückwärts gegen die Wand schlagen. Wie aus weiter Ferne hörte er den wütenden Ruf des Schlägers: „Du Schwein! Dir werd´ ich was. Ich kenn´ dich." Und zu seinem Kumpan gewandt: „Arbeitet in der Apotheke und markiert hier den Bullen." Wumm, fuhr Stefan die andere Faust des Rowdys ebenfalls in das Gesicht. Als der so Geprügelte die nächsten Hiebe wie ein Trommelfeuer erwartete, hörte er unerwartet den Ruf: „Halt, Polizei! Hören Sie sofort auf." Verblüfft öffnete Stefan ein schmerzendes

Auge und sah neben sich seine Sitznachbarin stehen, mit gezogener Pistole in der Hand. Sie war aufgesprungen, hatte ihre Waffe direkt auf den Schläger gerichtet. Der reagierte verblüfft. Rief „Hör auf, Alte", als die Waffe sich gefährlich auf seinen Unterleib senkte und der Finger am Abzug sich krümmte. Der zweite Chaot hingegen versuchte sich langsam rückwärts zu entfernen, drehte sich dann ruckartig um, um davonzulaufen – und stieß gegen drei Männer. „Polizei. Bleiben Sie stehen!" Zivilfahnder waren aus dem Dunkel hervor gesprungen und stellten die beiden Raufbolde. Handschellen klickten. „Na endlich, da haben wir ja einen guten Fang gemacht."

Die Polizistin beugt sie sich zu dem demolierten Charmeur nieder. „Das sieht nicht gut aus. Ich rufe Ihnen einen Rettungswagen". Stefan wusste nicht, was er sagen sollte. „Ich wollte …", stotterte er, „ … und Sie, Sie sind wirklich … " „Ja, eine Polizistin". Ein Schmunzeln glitt über ihr Gesicht, als sie ihren angeschlagenen Helfer betrachtete. „Sie haben das gut gemacht. Eine andere Chance hatten Sie ja nicht. Leider haben die Brüder es durchschaut." Dann umarmte sie ihn vorsichtig. „Danke, Sie haben viel gewagt". Verwirrt und berührt zugleich schaute Stefan sie an. „Aber gerettet haben Sie mich!", entfuhr es ihm dankbar. Erneut lächelte die Polizistin: „Das bringt mein Job so mit sich".

An den nächsten Probeabenden der Laienspielgruppe erlebten die Frauen ihren Casanova Stefan anders als sonst. Trotz seines geschwollenen Auges schien er ihr Spiel plötzlich intensiver wahrzunehmen. Er zollte ihnen Respekt, lobte einzelne Leistungen und fragte zum Abschluss sogar, ob er ihnen für die Heimfahrt ein Taxi bestellen solle.

Dennis Holm

Über unser Unvermögen hinaus ...

„Erinnerst du dich noch an unseren früheren Sportkameraden Dennis Holm?", fragte mich ein Freund bei einem Treffen. Ich stutzte. „Dennis?! Aber klar, erinnere ich mich. Ein armer Kerl. Er trank ziemlich viel." Als wir in jungen Jahren abends fröhlich beisammen saßen, war Dennis häufig schneller im Trinken als im Reden. Zu gern saß er am Tresen. Einmal hatte er derart die Orientierung verloren, dass er in die Tulpen biss, die auf der Theke standen. „Nee, Dennis, das ist kein Obst. Lass mal gut sein", sprach die Wirtin.

Er kam immer mit dem Fahrrad. Hin ging es ja, aber zurück ... Einmal setzte er sich doch glatt verkehrt herum auf sein Rad – und das im Dunkeln vor der Kneipe. Da landete Dennis im Blumenkübel. „Hast du mit ihm mal über sein Verhalten geredet?", fragte mich mein Sportfreund. "Nun, vielleicht erinnerst du dich, an Dennis war schlecht heranzukommen. Tagsüber war er verschlafen, nachts kaum mehr ansprechbar. Nein, ich hatte keinen Zugang zu ihm." Der Freund schaute mich ernst an: „Hattest du nicht, oder wolltest nicht?" „Gute Frage, sicher beides", antwortete ich ehrlich. „Einige Mädchen hatten versucht, den Faden mit ihm aufzunehmen. Aber auch ihr Charme nützte nichts. Dennis´ Freude am Alkohol war stärker als die an den Mädels." Eine Weile sinnierten wir schweigend vor uns hin. Dann nahm ich den Faden wieder auf: „Wusstest du übrigens, dass Dennis mit mir studierte?" Überrascht schaute mein Gegenüber mich an. „Aber auch dort fiel er auf. Da seine Nächte lang waren, schlief er tagsüber häufig ein. Auch im Hörsaal. Einmal wachte er mitten in der Vorlesung auf und fragte den Dozenten, was der denn gerade vortragen würde? Schallendes Gelächter begleitete seine Frage und hinterließ einen verdutzt dreinschauenden Professor." Auch mein Gegenüber konnte sich ein Lachen nicht verkneifen: „Typisch Dennis", meinte er kopfschüttelnd. Ein wenig ernster fuhr ich fort: „Nun, das Ende von Dennis Studienkarriere war absehbar. Auf seiner letzten Semester-Feier kam er bei den Kommilitonen nicht gut weg. „Unser Dennis, immer an der Wand lang ..." sangen sie. „Oh, das tat weh." - „Und wie. Ab da ward Dennis nicht mehr gesehen."

Mein Freund trank einen Schluck. „Und, hast du mal wieder etwas von ihm gehört?" - "Du wirst es kaum glauben. Gute 20 Jahre später bin ich zu einer kirchlichen Freizeit auf eine Nordseeinsel gefahren. Und wen treffe ich unter den Teilnehmern?" Mein Gesprächspartner schaute mich aus großen Augen an: „Etwa Dennis?" - „Genau. Ich war mir nach den Jahren nicht sicher, ob er es ist und sprach ihn an. Und siehe da, Treffer!" „Toll, wie ging es ihm?" Ich lehnte mich etwas zurück. „Wir sprachen lange miteinander. Alles kann ich nicht erzählen. Aber einiges doch, weil er es auch öffentlich berichtete." Erstaunt schaute mein Sportfreund auf: „Da bin ich aber gespannt." „Das ist eine besondere Geschichte", entgegnete ich. „Irgendwann ging es mit Dennis nicht mehr weiter. Er landete in der Klinik. Dort sprach ihn eines Tages eine Schwester an. Sie sei Christin und würde eine echte Hilfe für Dennis nur in einer therapeutischen WG sehen. Einer Gemeinschaft von Christen, in der man sich vollständig um ihn kümmern würde. Dann drückte sie Dennis einen Flyer der Initiative in die Hand. „Schauen Sie mal rein." „Oh, das verblüfft mich jetzt aber", meinte mein Gegenüber und schaute mich skeptisch an. Diese Reaktion hatte ich vermutet. Darum berichtete ich sachlich weiter: „Dennis hatte natürlich keine Lust. Als sich jedoch nach Wochen keine Besserung einstellte, schaute er sich den Flyer genauer an. Anscheinend sagte ihm das Angebot ihm zu. Er sprach die Schwester an, und als er die Klinik schließlich verlassen musste, kam er in der Gruppe unter."

Mein Freund schüttelte den Kopf. „Das war für Dennis sicher nicht einfach, oder?" „Nein. Die Gruppe hatte zwar ihre Erfahrungen mit abhängigen Menschen, aber für Dennis war alles neu. Dass Tag und Nacht Menschen für ihn da waren, ihn begleiteten, unterstützten, anleiteten und für und mit ihm beteten, das konnte er überhaupt nicht begreifen. Aber er merkte schnell, wie gut es ihm tat. Irgendwann war es dann soweit, dass es in ihm hell und er selbst Christ wurde. Das Beispiel der Gruppe hatte ihm überzeugend klar gemacht, dass der Glaube an Gott und Christus nicht nur ein Kult ist, sondern etwas Echtes, Lebendiges und vor allem Tragendes.

Eine Weile herrschte Stille bei uns am Tisch. Mit einer Mischung aus Staunen und Spott bemerkte mein Sportkamerad: „Prima. Also alles Freude, Freude, Eierkuchen ...?" Ich blieb ernst. „Nee, nee, so einfach war es dann doch nicht. Die Geschichte ging weiter. Dennis heiratete, bekam Kinder – aber als sie heranwuchsen und in die Pubertät kamen, stieg ihm das alles über den Kopf. Er wurde rückfällig." - „Ach du Schreck." - „Ja, und der Rückfall war kräftig. Die Ehe scheiterte und auch Dennis´ Kinder gingen auf Abstand zu ihm. In seiner Not suchte er wieder die Gruppe auf. Dort hatte es zwar Veränderungen gegeben, aber er wurde wieder aufgenommen und betreut. Nach Jahren gelang es ihm dann, wieder mit seinen Kindern in Verbindung zu treten. Seine Frau jedoch wollte nichts mehr von ihm wissen." Mein Gegenüber schluckte. „Bitter. Und dann?" - „Nun, du wirst staunen. Heute zieht er durch Kirchen, Selbsthilfegruppen und Schulen, um von den Hilfen ihm gegenüber und Gottes Erbarmen zu erzählen. Und die Freizeit, auf der ich ihn traf, war für ihn eine Erholungsphase."

Nach einer Weile des Nachdenkens schaute mein Freund mich ernst an: „Und, wird Dennis durchhalten?" Ich zögerte mit der Antwort. „Was soll ich sagen? Dennis war sehr ehrlich. Er hatte selbst seine Anfragen. Dann schwieg er mir gegenüber eine ganze Weile. Menschlich sähe es schlecht aus, meinte er dann. Er würde sich selbst nur zu gut kennen. Aber es gäbe einen, der kenne ihn noch besser. Und darum gäbe es keine andere Möglichkeit, als auf Christi Hilfe zu bauen."

Die Augen meines Sportfreundes waren feucht geworden. „Was aber, wenn er wieder rückfällig wird?", meinte er stockend. Nun musste auch ich schlucken. „Diese Befürchtung machte schließlich auch Dennis zitternd deutlich. Ich nahm ihn in den Arm. Viel sagen konnte ich nicht. Später aber wurde mir klar, dass Gottes Erbarmen immer größer ist als unser Versagen. Wie sollte unser Herr einen Menschen im Stich lassen, der sogar in der Hoffnungslosigkeit einen vertrauensvollen Stoßseufzer an ihn richtet?!"

Ein traumhafter Fund

Was Leben retten kann

„Das Frühstück ist fertig", rief sie von unten. - „Komme gleich". Er tippte noch einige Zeilen, druckte dann das Geschriebene aus, schaltete den PC auf Standby und lief mit den bedruckten Seiten einen Stock tiefer ins Esszimmer. „Du hast schon gearbeitet?", empfing ihn seine Frau überrascht. „Du ja auch", antwortete er, und ließ den Blick dankbar vom gedeckten Frühstückstisch zu ihr wandern.

Nach einem Kuss nahmen beide gegenüber Platz, sprachen gemeinsam ein kurzes Tischgebet – und dann platzte es aus ihm heraus: „War das ein merkwürdiger Traum heute Nacht." „Hängt das mit deiner Passionsandacht morgen zusammen?, fragte sie, und biss herzhaft in ihr Marmeladenbrot. Überrascht blickte er sie an: „Ja, ...aber woher weißt du?" Sie schmunzelte. „Weil du mit dem Bibelkommentar im Bett eingeschlafen bist. Ich habe ihn dann von deiner Brust genommen und das Licht ausgeschaltet." - „Danke", stotterte er. „Der, der Traum war so ungewöhnlich, dass ich davon sehr früh aufgewacht bin. Da bin ich gleich ins Arbeitszimmer gelaufen und habe ihn aufgeschrieben." - „Hattest Du eine Vision", fragte sie mit leichter Ironie, trank einen Schluck Kaffee und schaute ihren Mann mit großen Augen an. „So würde ich es nicht nennen", entgegnete er nachdenklich. Dabei ergriff er seine Papiere. „Ich habe einen Brief entdeckt, aus der Zeit Jesu." Verblüffung sprach aus ihrem Gesicht. „Im Traum? Warst du archäologisch tätig?" - „Gar

nicht, er lag plötzlich vor mir. Vor meinen Augen. Damit begann der Traum." Verwirrt blickte seine Frau ihn an. „War
es ein Paulus-Brief?", fragte sie neugierig. „Nein, verfasst
war er von einem unbekannten Jünger Jesu." - „Das klingt
spannend." Die Ironie in der Stimme seiner Frau war verflo-
gen. Nun schien sie ganz Ohr zu sein, hörte auf zu essen und
schaute ihn erwartungsvoll an.

Die Begeisterung über den Traum hatte die Wangen des
Pastors gerötet. Und während er seine Brille hervorholte,
schaute sie voller Liebe auf ihren Mann, der ihr in diesem
Augenblick wie ein jugendlicher Entdecker erschien.

°*Liebe Freundinnen und Freunde,*

auch ich bin ihm nachgefolgt, unserem Herrn. Aber ihr
kennt mich nicht. Ich heiße Joel, aber ich gehöre nicht zu den
Zwölfen, sondern zum weiteren Kreis seiner Jüngerinnen
und Jünger. Worauf ich jedoch ein wenig stolz bin, ich habe
denselben Beruf wie unser Meister, ich bin Zimmermann.
Hin und wieder arbeite ich auch als Tischler. Je nachdem,
welche Aufträge hereinkommen. Vielleicht habe ich Jesus
von Nazareth darum so gut verstanden, weil er für seine
Predigtbilder häufig Beispiele aus unserer Berufswelt ge-
wählt hat.

Er hat uns viele Gleichnisse hinterlassen, in denen vom
Holz die Rede ist: Ich denke an die Wortbilder vom Weinstock und den Reben und andere mehr. Sicher hängt es mit
unserer natürlichen Umwelt zusammen und der Tatsache,
dass viele Dinge des Alltags bei uns aus Holz gearbeitet
sind.

Ja, ich denke sogar, das Holz hat eine besondere Symbolik für unseren Glauben. Wir erinnern uns an Krippe und Kreuz unseres Herrn Jesus Christus.

Vielleicht liegt darum in dem Holz selbst ein Gleichnis. Im Paradies pflanzte Gott den Baum des Lebens. Unter Gottes bewahrender Hand baute Noah eine hölzerne Arche, die zum rettenden Lebenshort für Menschen und Tiere wurde. Immer wieder wird das Holz symbolisch oder real mit dem verbunden, was Leben retten oder Lebens hervorbringen kann. Ein Beispiel dafür ist auch Christus als Baby in der Futterkrippe. War nicht das schon ein erstes Zeichen auf seine Sendung hin: In diesem Trog liegt die Lebensnahrung, die unser Herr selbst später so beschrieben hat: „Ich bin das Brot des Lebens".

Zu den ersten Jüngern unseres Herrn gehörten viele Fischer. Sie fuhren mit ihren Booten – Holzbooten – hinaus auf die einheimischen, fischreichen aber auch sehr rauen Gewässer. Auch Jesus begab sich gern in die Holzboote. Meist ließ er sich ein kurzes Stück auf den See Genezareth hinaus fahren und nutzte die Schall tragende Kraft des Wassers, um von dort aus zu den Menschen zu sprechen. Dabei tat Christus schon das, worin sich seine Jünger noch einüben mussten. In einer scherzhaften Wortverdrehung formulierte er es gegenüber seinen fischenden Jüngern so: „Ich will euch zu Menschenfischern machen". Das ist ein Ansporn, der uns allen gilt: Holt Menschen aus der erdrückenden Tiefe ans Licht. Führt sie auf den Weg des Vertrauens zu Gott.

Das kann manchmal bedeuten, eine Entscheidung zu fällen. Seht ihr, schon wieder ein Begriff aus der Sprache der Holzarbeit. – eine Entscheidung fällen! Als unser Herr auf

Erden wandelte, haben viele ganz spontan so eine Entscheidung getroffen und sich ihm angeschlossen. Aber so ergeht es nicht jedem. Kein Mensch ist wie der andere. Vielen liegt die Spontanität nicht. Sie wachsen allmählich in den Glauben hinein. Auch Holz wächst heran. Das Werden und Wachsen ist ein Teil von Gottes Schöpfung. So ist es ja auch mit den Weinreben. Sie brauchen ebenfalls Zeit, um zu wachsen und sie brauchen Pflege. „Ich bin der Weinstock, ihr die Reben", hat Christus gesagt. Nicht nur einmal. Immer wieder. Und auch da ist Holz im Spiel. Die Rebe rankt sich um stützende Hölzer, findet Halt an ihnen und wird von der Sonne beschienen. Wer sich so gehalten weiß, ist kein hölzernes Wesen. Der ist weder stocksteif noch verklemmt. Wer sich den Strahlen Gottes aussetzt, kann gedeihen, findet seine eigene Spur, wird saftig. Der macht auch kein Kleinholz aus anderen, sondern gibt Freude weiter und Lebenssinn. Wie Jesus. Der aß, trank, lachte und diskutierte mit seinen Mitmenschen. Und er versuchte, sie zu gestalten. Liebevoll, wie ein Zimmermann, der weiß, dass Holz lebt. Über Boote und Weinstöcke führt unser Weg von der Krippe zum Kreuz. Nicht nur in der Passionszeit stehen wir vor dem Kreuz Christi. Zu jeder Jahreszeit, an jedem Tag ist es die große Lebenskreuzung. Dort scheiden sich die Geister. Denn das Kreuz unseres Herrn und Bruders durchkreuzt unsere Holzwege von falschen Göttern, von Vorteils- und Ichsucht. Das gefällt uns nicht immer. Und doch, wer dort, wie einer der neben Christus gekreuzigten Diebe, noch seine ganze Hoffnung auf den setzt, der den Weg seines himmlischen Vaters geht, der erfährt Erleichterung. Dem wird seine unbewältigte, erdrückende Lebenslast genommen. Unser Kreuz ruht nun auf Jesu Schulter.

Darum, liebe Nachfolgerinnen und Nachfolger unseres Herrn Jesus Christus, lasst uns das Holz als Bild nehmen. Immer wenn ihr ein Stück in der Hand haltet, denkt daran, dass die befreiende Macht Gottes häufig hinter scheinbarer Ohnmacht verborgen ist.

Es grüßt euch herzlich im tiefen Glauben an unseren himmlischen Vater und unseren Herrn Jesus Christus *Euer Bruder Joel°*

In der Tiefe gefunden

Im Keller des Lebens

Mit aller Macht hatte es Niklas nach unten gezogen. Tief in den Keller der Hoffnungslosigkeit. Kein Licht war mehr zu sehen, kein Geräusch zu vernehmen. Finsternis und dumpfes Schweigen umgaben ihn. Flach und niedergeschlagen atmete Niklas ein und aus. Suchte mit einer Hand Orientierung an der Wand seines Verlieses und tastete sich mühsam voran. Schritt für Schritt.

Plötzlich stockte er. Da war jemand – direkt vor ihm. Mit seinen Füßen war er gegen etwas Weiches gestoßen, einen menschlichen Körper? Noch jemand, hier in der Tiefe der Verzweiflung? Ein leises „Au" vernahm er, dann war es still. Überrascht hielt Niklas inne. „Ist hier jemand?" - Vor ihm bewegte es sich. Dann vernahm er eine zaghafte Frauenstimme, „ja, ich". - Einen Moment war Niklas irritiert. Bisher hatte er nie jemanden im tiefen Keller seiner Verzweiflung angetroffen. War sich immer allein vorgekommen, wenn es ihn hinab in die Trostlosigkeit gezogen hatte. Nun aber diese Stimme. „Was …, was machen Sie hier?", fragte er schließlich zaghaft. - „Dasselbe wie du", kam es von unten herauf. „Ich bin hier eingeschlossen". - „Aber, warum kauern Sie am Boden?" - „Dumme Frage, weil es mir dreckig geht". - Dann war eine Weile Pause. Niklas stand starr. - „Ich bin schon länger hier", klang es zögernd aus dem Mund der Frau. Halt suchend stützte Niklas sich an der Kellerwand ab. Weiter mochte er nicht gehen. Auch nicht um die Frau herum. Dann hätte er die Wand loslassen und in den dunklen, freien

Raum treten müssen, um die Frau zu umgehen. Das war ihm in der Dunkelheit zu riskant. Wer weiß, wogegen er stoßen oder worüber er stolpern würde? Die Wand hingegen gab ihm Sicherheit. Vorsichtig und ein wenig ächzend ließ er sich nieder gleiten und setzte sich neben die Frau. - „Siehst du", sprach seine Nachbarin, „nun hockst du auch". - „Ja, stört es Sie?" Darauf ging sie nicht ein.

Eine Weile herrschte Stille zwischen ihnen. Dann rührte sich die Frau und fragte: „Warum bist du hier?" - Er musste schlucken. Die Antwort fiel ihm schwer. „Weil, weil ich seit langer Zeit arbeitslos bin", kam es krächzend aus ihm hervor. - „Das ist keine Schande", entgegnete sie. - „So denken nicht alle", entgegnete Niklas, „und mich macht es fertig. Das … das Leben ist so leer." - „Und das zieht dich nach unten, in den Keller?" - Ihm verschloss es den Mund. Mühsam nickte er. Dann aber fiel ihm ein, dass sie ihn ja nicht sehen konnte. „Ja", antwortete er mit belegter Stimme. Erneut schwiegen sie eine Weile. Dann riss Niklas sich zusammen. „Und, warum sind Sie hier unten?" Ein kurzes aber verbittertes Lachen antwortete ihm: „Mein Mann … ist weggerannt – mit einer anderen." Dann war wieder Stille. „Das, das tut mir leid", entfuhr es Niklas nach einer Weile. Dann biss er sich auf die Zunge. Das war doch leere Konversation. Verzweiflung keimte in ihm auf.

„Lass dich von ihr nicht fertigmachen", tönte plötzlich eine Männerstimme von gegenüber. Niklas fuhr zusammen. Noch jemand im Keller? - „Ich wusste nicht, dass hier noch jemand ist. Man sieht ja die Hand vor Augen nicht." - „Michael heiße ich", tönte ihm die Stimme entgegen. - „Bist du allein hier", fragte Niklas? - „Nein, mit meiner Frau." - „Was hat euch hierher verschlagen?" - „Unser Kind ist schwerkrank", kam es nach kurzer Pause. Niklas schluckte. Da meldete sich wieder die Frau neben ihm. „Wenn du wüsstest, wer noch alles hier ist. Neben mir sitzt Rosa, ihr Mann ist vor kurzer Zeit gestorben." - „Das sind noch nicht alle", erklang von gegenüber wieder Michaels Stimme. „Hier bei uns hockt Gerd. Bevor du fragst, sein Sohn ist drogenabhängig." Niklas wurde schwindelig. - „Ja, und dann sind da noch Natalie und Mike." - „Und, was ist mit denen?", fragte Niklas zaghaft. - „Die kommen nicht klar mit den Krisen in der Welt." - „Verständlich", murmelte Niklas. - „Das ist aber noch nicht alles. Außerdem wurden sie von einem Finanzhai um ihre ganzen Ersparnisse betrogen", antwortete die Frau neben Niklas. - „Das ist ja furchtbar", entfuhr es ihm. Eine Antwort erhielt er nicht. Nur ein Stöhnen vernahm er. Dann noch eins. Es schien von Natalie und Mike zu kommen. Niklas stand plötzlich kalter Schweiß auf der Stirn. Er zitterte am ganzen Körper. Diese zerstörenden Erfahrungen ... - „Übrigens", erklang nun wieder Michaels Stimme, „wir duzen uns hier unten alle. Für falsche Höflichkeit ist kein Platz." „Ich bin Niklas", antworte er leise. - „Wir alle reden übrigens kaum noch miteinander", war wieder Michael zu hören. „Dazu sind wir zu müde. Nur Regina neben dir und ich wechseln hin und wieder ein Wort miteinander." - .".. Ansonsten herrscht Schweigen, Totenstille", nahm Regina kurz den Faden auf. „Es ist die Verzweiflung, sie hat uns am Boden zerstört." - „Das wird auch dir so gehen", erklang plötzlich eine andere Frauenstimme. War es Rosa? Und ein Männerbass ergänzte: „Keiner von uns weiß weder ein noch aus. Wir sind in der Hoffnungslosigkeit gefangen."

Eine weitere Pause setzte Niklas arg zu. „Gibt es denn keine Rettung, keine Hilfe ...," fragte er in den Raum hinein? Wieder war es Regina, die neben ihm auflachte: „Woher soll die denn kommen? Oder meinst du etwa Gott?" - Michael ließ ein verächtliches Grunzen hören: „Gott? Was kümmert ihn unser Leid." - „Wenn es ihn denn gibt, thront er warm und trocken über den Wolken", ließ sich nun wieder die tiefe Männerstimme vernehmen. - „Eben", ergänzte Rosa, „Liebe und paradiesisches Glück sind sein großes Thema. Das wissen wir doch. Leid kommt darin nicht vor."

Dann machte sich hoffnungsloses und verbittertes Schweigen im gesamten Kellerraum breit. Regina schluchzte und auch Rosa schien zu weinen. Die Männer versuchten verzweifelt, ihre Tränen zu unterdrücken. Doch der eine oder andere kam nicht umhin, kräftig durch die Nase zu schniefen. Auch Niklas nicht. Die Arme um die angezogenen Knie geschlungen, wurde sein Körper von Weinkrämpfen geschüttelt.

Nach einer Weile wurde er ruhiger. Er wusste nicht, warum. Etwas war anders, stimmte ihn zuversichtlich. Niklas blickte kurz auf. Der Elendskeller schien auch nicht mehr so dunkel zu sein. Einbildung dachte er und schloss wieder die Augen. Dann spürte er, was anders war. Auf seinem Kopf ruhte eine Hand. Tröstlich und beruhigend, wie zur Kinderzeit. Niklas schreckte auf. „Wer hat seine Hand auf meinen Kopf gelegt?", fragte er laut. - „Wieso auf deinen?", ließ sich Michaels Stimme vernehmen, „auf meinem liegt sie". - „Nein, auf meinem Kopf", antwortete Regina. - „Auf meinem auch", machten sich plötzlich noch weitere Stimmen bemerkbar.

Überraschenderweise wurde es langsam hell im Keller. Ungläubig schaute Niklas sich um. In der Mitte des Raumes nahm er eine sich zunehmend deutlicher abzeichnende Gestalt wahr, die mit einem lichtvollen Umhang bekleidet war. „Wer..., wer bist du?", fragte er verblüfft. - „Ich bin für euch da", klang es tröstlich aus dem Mund des Lichtwesens . - „Hier ist keiner für den anderen da", murmelte Regina. - „Ich schon." - „Dann gehörst du nicht hierher", stellte Michael klar. „Hier sind nur Verzweifelte, Hoffnungslose." - „Und die denken nur an sich", maulte Gerd. - „Ich nicht." - „Hast du keinen Namen?" - „Doch." - „Wie lautet er?" - „Ihr habt vorhin von mir gesprochen." - „Von dir", staunte Regina? - „Ja, dass ich nur im Himmel thronen und das Leid nicht kennen würde ..." - Niklas schaute verwirrt. Ebenso die anderen Kellerbewohner, die sich allmählich im Lichtschein des Fremden abzeichneten.

Mit milder Ernsthaftigkeit schaute der sie an. Es war, als würde sein fürsorglicher Blick jeden treffen. Die Ärmel seines Überwurfs, der bis über die Knie fiel, waren hochgerutscht und gaben den Blick auf tiefe Wunden an den Händen frei. Auch an den Füßen waren Wundmale zu erkennen. „Mein Gott", schrie Rosa entsetzt auf. Der Fremde lächelte. „Du sagst es." - Niklas ging ein Licht auf. Im Kindergottesdienst hatte er einst davon gehört. Die Kreuzigung Jesu, brutal eingeschlagene Nägel an Händen und Füßen. Tief atmete er durch. Er spürte, wie die Klarheit, die sie umgab, ihn ergriff. Nur Mike schaute verzweifelt. „Jetzt ist es endgültig aus mit mir. Ich sehe schon Gespenster..." Doch Natalie neben ihm und die anderen sprangen auf. Wie Schuppen fiel es auch ihnen von den Augen. Regina war die erste, die es laut aussprach: „Richtig, die Dornenkrone!" Alle Blicke wanderten zum Gesicht des Fremden. Zeichneten sich auf der Stirn nicht Narben ab? „Verhöhnt und verspottet", sprach Gerd sinnend vor sich hin. „Angespuckt", kam es aus Michaels Mund. „Bis aufs Blut gepeitscht", ergänzte Regina matt. „Von falschen Zeugen belastet", entfuhr es Niklas. „Und von parteiischen Richtern abgeurteilt", erklang es wie ein Fazit aus Rosas Mund.

Dann lag eine große Stille über dem Keller. In diesem Schweigen trat die Gestalt immer weiter zurück, bis sie ganz verschwand. Trotzdem blieb etwas von ihrer Helligkeit zurück, in der Niklas und Regina, Michael und Rosa, Gerd, Natalie und Mike sich erkennen konnten. Die Finsternis war durchbrochen. „Er ..., er ist einer von uns", erklang es befreit aus aller Munde. „Er hat gelitten. Er war bei uns. Sein Glanz erleuchtet uns."

Es war wie ein Auftrieb. Eine neue Kraft hatte sie ergriffen und zog sie allmählich nach oben, ans Licht. Nur Mike verharrte resigniert am Boden. „Ich bin verrückt", jammerte er, „... ich bin verrückt". Verzweifelt versuchte Natalie, ihn aufzurichten. Die anderen waren bereits aus dem Verlies entschwunden. Sie hatten neue Hoffnung gewonnen. Wollten ihr Leben wieder in die Hand nehmen, Hilfe suchen, Aufgaben finden. Und mussten immer an den Fremden denken, der gelitten hatte. Mit ihnen, für sie. Er war ihnen vertraut geworden.

Nerven

„Reizender" Abend auf einer Pflegestation

Aber Luise, machen sie doch die Tür hinter sich zu! Sonst kommt uns schon wieder der Baumann reingelaufen. Viermal war er jetzt schon im Zimmer und hat mir immer wieder das Gleiche erzählt. - Wie soll ich mit meiner Arbeit fertig werden, wenn er mir immer hinter dem Rücken herumspaziert? Einmal habe ich mich schon bei den Medikamenten vertan. Ich kann doch nicht Frau Rüdiger mit ihrer herrlichen Verdauung die Abführtabletten geben und Herrn Kaiser, der bis oben hin verstopft ist, noch ein Medikament zum Stopfen verpassen! Wo ich gerade von Herrn Kaiser spreche, morgen habe ich frei. Wenn sich bei ihm bis dahin kein Erfolg zeigt, müsst ihr unbedingt den Doktor unterrichten. Er hat es mir besonders aufgetragen.

Ach du Schreck, da ist der Baumann ja schon wieder! Wer hat denn jetzt die Tür offen gelassen? Ist das denn hier ein Tollhaus, oder habt ihr daheim alle Säcke vor den Türen hängen? Haltet den Mann zurück! Sonst trinkt er mir noch die Medikamente aus. Herr Kröger, Herr Kröger, komm´ mal schnell. Mensch, nehmt ihm doch die Fieberkurven aus der Hand! Die muss er doch nicht unbedingt in die Hose stecken!

Junge, Junge, das ist wieder ein Tag heute. Wo sind denn…? Jetzt hat doch dieser Baumann tatsächlich die Abführtabletten mitgenommen. Du liebe Zeit, ich dreh hier noch einmal durch. Sicher hat er sie schon geschluckt… Herr

Krögerrrr! Wo ist der denn nun wieder? Ist wenigstens dieser FSJler, dieser Hartmann da? Wo, auf dem Flur? Herr Hartmann! Herrr Harrrtmannnn! Sehen sie zu, dass sie den Baumann nachher auf den Nachtstuhl setzen. Warum? Na, sie sind gut! Weil er hier soeben ein ganzes Röhrchen mit Abführtabletten vernascht hat!

Mein lieber Schwan! Jetzt aber nichts wie ran. Die Nachtwache kommt auch bald, und ich muss noch meine Berichte schreiben... Ja, ja, Frau Hinzmann, ich weiß. Sie können ihre Schuhe nicht finden. Aber hier im Kühlschrank sind sie auch nicht. So, nun aber raus. Sonst drehe ich wirklich noch durch!

Die Ketchup-Waffe

Auf den zweiten Blick ist manches anders

Es war ein eiskalter Winterabend und spät geworden. Die Schneeflocken von ihrem Mantel klopfend, eilte Ellen Hauff angespannt durch die Straßenunterführung. Sie wollte endlich nach Hause. Die junge Pastorin hatte einen intensiven Tag im Altenheim hinter sich. Viele Seniorinnen und Senioren hatten ihr Leid und die Trostlosigkeit ihres Alltags bei der Seelsorgerin abgeladen. So ging es seit Wochen. Ellen Hauff vertrat einen erkrankten Geistlichen, zusätzlich zu ihrer Gemeindearbeit.

Manchmal konnte die Theologin nach solch arbeitsreichen Tagen keine alten Menschen mehr sehen. Die Langsamkeit, Schwerhörigkeit und Begriffsstutzigkeit der Senioren setzten ihr besonders zu. Auch wenn sie wusste, dass jeder Mensch einmal das Lebenstempo verlangsamen würde, auch sie. Aber im Augenblick zählte nur ihr Gefühl. So setzte sie auch an, eine alte Dame vor sich zu überholen, die mit Einkaufstaschen beladen war und sich mühsam durch die kalte, einsame Straßenunterführung quälte. Im Überholen hörte die Pastorin, wie die Rentnerin mit sich selbst sprach: „Ein schönes Essen mache ich dem Jungen morgen. Mit viel Ketchup, das mag er." Ellen Hauff schüttelte den Kopf. Auch noch Selbstgespräche der Seniorin. Das war Wasser auf ihre Mühlen. Schnell nach Hause, unter jüngere Menschen. Lebende, wie sie manchmal sagte.

So in Gedanken, schenkte sie dem Mann keine Beachtung, der ihr im Tunnel entgegen kam. Ein Fehler, denn während sie im Geiste daheim schon die Füße ausstreckte, griff plötzlich eine Hand nach ihrer Umhängetasche und zog mit Macht daran. Der Griff des Mannes war so stark, dass die Pastorin beinahe gestürzt wäre. Dann fing sie sich. Die Tasche noch halb in der Armbeuge haltend, rief sie laut um Hilfe. Der schrille Schrei schreckte die alte Dame hinter ihr aus den Gedanken auf. Entsetzt fiel der Seniorin eine Einkaufstasche aus der Hand. Ausgerechnet die große Plastikflasche mit dem Gewürzketchup machte sich selbstständig, flog aus der Tasche und schlug auf dem Boden auf. Der Verschluss klappte auf und verteilte einen satten roten Spritzer auf dem Boden. Das nahm die alte Dame nur am Rande wahr. Verwirrt stand sie da, sah nur, wie der Mann an der Tasche der Frau vor ihr zog und dann mit der anderen Hand sein Opfer am Hals packte.

Überraschend schnell fing sich die Seniorin, wollte um Hilfe rufen, sah jedoch, dass die Unterführung verlassen dalag. Verzweifelt schaute sie sich um. Da fiel ihr Blick auf die am Boden liegende Ketchup-Flasche. In ihren Augen blitzte es auf. Sie bückte sich und richtete sich in dem Moment wieder auf, als der Dieb die junge Frau zu Boden gestoßen hatte und mit der erbeuteten Tasche an der alten Dame vorbei rennen wollte. In dem Moment traf ihn ein gewaltiger Strahl scharf gewürzter Tomatensoße direkt in die Augen. Eine weitere buchstäblich gepfefferte Ladung hinterher, dann ein verzweifelter Schrei. Der Mann stoppte, ließ die Handtasche fallen und rieb sich verzweifelt die Gesichtspartie. Dadurch wurde der scharfe Schmerz allerdings immer heftiger. „Wasser", rief der Täter, „Wasser...", stützte sich mit einer

Hand an der Tunnelwand ab und rieb mit der anderen in seinen brennenden Augen herum.

Die Seniorin reagierte flink. Sie packte die Handtasche, griff nach ihren Einkaufstaschen und schob die noch verwirrt ausschauende Ellen Hauff mit sich zum Ende der Unterführung. „Haben Sie ein Handy?", fragte die mit Taschen bepackte Rentnerin. Die Pastorin nickte und holte ein Mobilteil hervor. Die Seniorin wählte 110, informierte die Polizei und bat gleichzeitig darum, einen Rettungswagen zu schicken.

Während sie warteten, kam die geschockte Theologin allmählich zu sich. Ihr älteres Gegenüber erzählte, was geschehen war, und dass sie die Ketchup-Attacke nur ihrem Enkel zu verdanken hätte, der am kommenden Tag zu Besuch käme. Nun müsse er wohl ohne Ketchup auskommen, aber sie könne sich schon vorstellen, dass das Abenteuer der Großmutter einen ganzen Karton mit Gewürzketchup aufwiegen würde. Erstaunt blickte die junge Pastorin immer wieder die agile Rentnerin an. „Wie Sie reagiert haben, so schnell und pfiffig, alle Achtung!" Dankbar zog sie die alte Dame an sich und ließ ihren Tränen freien Lauf.

In den darauf folgenden Tagen war auch ein Teil von Ellens Abneigung gegenüber alten Menschen fortgespült. Viele der Heimbewohner sah die Pastorin nun mit anderen Augen. Die Seelsorge-Tätigkeit bereitete ihr allmählich wieder Freude.

Notizen vom Schlachtfeld

„Handarbeit" in einer Senioren-Residenz

„Schwester Carla, Schwester Carla!"

„Was ist denn?"

„Kommen sie schnell in den Speisesaal!"

„Muss das sein? Ich bin hier bei Herrn Traxel im Zimmer!"

„Doch, kommen sie schnell! Die Beiden von 114. Schauen sie, was die hier angestellt haben!"

Schwester Carla bleibt nichts anderes übrig, als zu laufen. Denn Schwester Sigrids Rufe waren eindrücklich genug. Und der Hinweis, *die Beiden von 114* signalisiert höchste Alarmstufe. Gemeint damit sind zwei Männer. Beide stark wesensverändert. Der Eine als Folge des Alters, der andere durch seine langjährige Alkoholabhängigkeit.

Schwer atmend erreicht Schwester Carla den Gemeinschaftssaal. Der Blick durch die geöffnete Tür verschlägt ihr den Atem. Entsetzt stützt sie sich gegen den Türrahmen. Der Anblick übertrifft ihre schlimmsten Erwartungen. „O Gott", flüstert sie. Unsicher blickt Schwester Sigrid ihre Stationsschwester an. Beiden kommt es vor wie ein grausamer Traum.

Vor ihnen befindet sich der 200 Quadratmeter große Speisesaal – auch für Empfänge und Tagungen gedacht – in einem grässlichen Zustand. Die fein gewebten Gardinen, die sonst das durch die breite Fensterfront hereinfallende Licht angenehm dämpfen, sind in alle Richtungen aufgezogen. Teile davon hängen wie Fetzen von den Schienen herunter oder liegen verstreut auf dem Boden.

Schwere Marmor ähnliche Platten, als rustikale Verkleidung und Zierde der Heizkörper gedacht, sind auf den Metallträgern verrückt. Zwei Platten liegen auf dem Fußboden, in der Mitte gesprungen und an den Ecken abgestoßen.

Doch der ärgste Anblick bietet sich in der Mitte des Raumes. Dort stapelt sich alles, was leicht zu bewegen ist. Die Tische, sonst festlich geschmückt, liegen kreuz und quer durch- und übereinander. Garniert mit zwei Dutzend Stühlen, deren Beine mal unter, mal zwischen oder auch über den Tischen sichtbar sind.

Um das vielbeinige Schlachtfeld herum Wasserlachen, umgestoßene Blumenvasen, Scherben und zertretene Blüten. Auf dem Trümmerhaufen, wie zur Krönung, das Bild des Heimgründers. Sein ernst dreinblickendes Antlitz könnte gar nicht besser zu dem verheerenden Trümmerfeld passen.

Neben einem Pfeiler die beiden Herren von Zimmer 114. Immer noch in Bewegung. Gegenseitig klopfen sie sich ihre Kleidung ab, so als müssten sie sich von Staub und Schutt befreien.

Das befriedigte Aussehen der beiden kleinen, mageren und etwas zappeligen Männer passt gar nicht zu den ernst und entsetzt dreinblickenden Gesichtern der Schwestern. Hier Strahlen, dort Entsetzen und Fassungslosigkeit.

„Holen Sie den Heimleiter", murmelt Schwester Carla kaum verständlich. Doch Schwester Sigrid hat es verstanden. Blitzartig, so als sei sie froh, die grässliche Szene hinter sich lassen zu können, springt sie davon.

Die beiden Herren sind inzwischen vor Schwester Carla getreten. Ein zufriedenes Lächeln spiegelt sich in ihren Gesichtern und verunsichert Schwester Carla noch mehr. Müsste sie jetzt nicht etwas sagen?

Der eine von ihnen, der Alkoholiker, enthebt Schwester Carla aller Sorgen. Einfältig grinsend öffnet er seinen vertrockneten Mund, aus dem zwei Zahnstummel traurig hervorblicken. Dann hebt er langsam seine Hände, dreht die rauen Innenflächen Schwester Carla entgegen, blickt ihr treuherzig in die Augen und nuschelt stolz: „Gell, den Bauplatz haben wir sauber aufgeräumt!"

Überschäumende Freude

Köstliches Lebenswasser

Soeben hatte Oma der Familie die biblische Prophezeiung vom lebendigen Wasser aus dem zwölften Kapitel des Jesaja-Buches vorgelesen: ... *Ihr werdet mit Freuden Wasser schöpfen aus den Heilsbrunnen und werdet sagen zu derselben Zeit: Danket dem HERRN, prediget seinen Namen; machet kund unter den Völkern sein Tun; verkündiget, wie sein Name so hoch ist...*

Wie in Gedanken klappte sie anschließend die Heilige Schrift zu. Ihr Blick war plötzlich in die Ferne gerichtet. Die Familie schwieg. Niemand sagte ein Wort. Alle schauten wir gespannt auf Oma. „Diese Schilderung erinnert mich an eine Legende, die ich als Kind gehört habe. Eine faszinierende Geschichte." „Erzähl, bitte erzähl ...", baten wir Kinder. Auch unsere Eltern schauten gespannt auf Großmutter. Erzählen konnte sie gut. „Gern", sprach sie. Schaute uns an, machte eine kurze Pause, um ihre Gedanken zu sammeln. Dann begann Oma:

> Die Nachricht verbreitete sich in dem Ort wie ein Lauffeuer: „Wir haben Wasser gefunden. Frisches Wasser!" Überall wurde an die Türen geklopft. Die Menschen strömten freudig aus den Hütten und Häusern. Sie strahlten sich an, lachten und manche konnten ihre Begeisterung nicht zügeln: „Frisches Wasser! Es belebt uns. Gelobt sei Gott." Alt und Jung hatten sich versammelt und genossen den Anblick

des sprudelnden Quells. Froh gelaunt schnatterten die Bewohner durcheinander. „Wasser, frisches Wasser!" Was für ein Glück für den kleinen Ort. Denn die alte Quelle war vor Kurzem versiegt. Und nun, nach Tagen der Suche, waren sie auf eine Wasserader gestoßen. Begeisterte Rufe ertönten im ganzen Rund. Jede Frau, jeder Mann fing etwas von dem hervorquellenden Nass auf. Die Kinder tummelten sich in den Pfützen. Lächelnd schauten die Erwachsenen ihnen zu. Auch einige Frauen und Männer ließen sich von dem begeisterten Treiben der Kinder anstecken. Lachend bespritzten sie sich mit der köstlichen Erfrischung. Das freudige Johlen, Lachen und Scherzen schien kein Ende zu nehmen. Dann aber stellte sich allmählich Ruhe ein. Der Dorfälteste kam. Gemessenen Schrittes näherte sich der weißhaarige Greis der glückseligen Menge. Sonnenlicht fiel auf sein faltiges, aber strahlendes Antlitz. Lächelnd näherte er sich dem Quell. Bereitwillig machten die Bewohner ihm Platz.

Freudig und dankbar fiel sein Blick auf die Versammlung. Er stellte sich auf eine Erhöhung und hob die Arme zum Zeichen, dass er sprechen wolle. Langsam kehrte Stille ein. Nur ein paar Kinder lachten und quiekten noch im Hintergrund. „Wir haben Wasser", ließ sich die warme Stimme des Dorfältesten vernehmen. „Das ist nicht selbstverständlich. Es ist und bleibt ein Geschenk, eine Gottesgabe. Gott im Himmel ist es, der uns mit frischem Wasser versorgt. Er gibt uns das köstliche Nass, das uns am Leben erhält. Es erfrischt Körper und Geist, hält aktiv und gesund. Lasst uns unseren treuen Schöpfer loben." „Halleluja" erscholl es aus vielen Kehlen. „Und nun wollen wir", sprach der Dorfälteste weiter, „das Wasser auffangen, damit nichts verloren geht.

Macht bitte Platz für unsere Brunnenbauer, damit sie ihre für uns so lebenswichtige Arbeit aufnehmen können."

Dann trat er zurück und mit ihm die Menge. Die Bewohner schafften Raum für die Brunnenbauer des Ortes. Baumaterial und Handwerkszeug wurden herangetragen, um das Wasserloch einzufassen und zu sichern. „Eines noch", rief der Älteste, „manche mögen die Nachricht von dem herrlichen Gottesgeschenk noch nicht vernommen haben. Klopft an alle Türen und berichtet von dem Wunder. Ladet die Menschen ein, zum Brunnen zu kommen. Dort können sie lebenspendendes Wasser schöpfen und ihre Freude mit anderen teilen." Sofort sprangen eine Menge Jugendliche, aber auch Frauen, Männer und Kinder los und liefen bis an das Ende des Ortes. Überall klopften sie an die Türen und sprudelten die Nachricht von dem Quellenfund begeistert hinaus. Viele Mitbewohner begegneten ihnen freudig und dankbar. Ja, die meisten ließen alles stehen und liegen, klopften wiederum selbst an die Türen der umliegenden Häuser und liefen gemeinsam mit ihren Nachbarn zum Wasser hin. Nur in einer kleinen Enklave stieß die überschäumende Kunde der kleinen und großen Herolde auf wenig Entgegenkommen. Die Menschen dort waren erst kürzlich zugezogen. Sie lebten zurückgezogen und nahmen die Nachricht vom frischen Wasser eher verhalten auf. Sie liefen auch nicht zum Brunnen, sondern blieben in ihren Häusern.

Als die Quellen-Herolde wieder fort waren, trafen sich die Neubürger kurz vor ihren Häusern und beratschlagten ihr Vorgehen. „Also", ereiferte sich eine ältere Frau, „ich werde doch nicht zum Brunnen laufen und mich mit anderen über das Wasser unterhalten." - „Recht so", unterstützte sie ein Mann. „Lebendiges Wasser zu genießen, ist Privatsache." - „Eben", sprang eine junge Frau ihm bei, „wo kämen wir denn da hin, wenn wir mit jedem unsere Freude an dem kühlen Nass teilen würden!" - „Jawohl", meinte ein alter Mann und stampfte mit seinem Stock auf die Erde. „Meine Frau und ich, wir unterhalten uns mit niemand über das Wasser, schon gar nicht am Brunnen! Wir lassen uns das Nass in unser Haus tragen. Über Wasser spricht man nicht! Basta." Damit trat er in sein Haus zurück und schlug die Tür zu. Die anderen nickten sich zu. „Ich lasse es mir auch ins Haus tragen", rief eine Frau. „Wofür gibt es Menschen, die dafür bezahlt werden?!" - „Ich lasse es mir ebenfalls bringen", rief ein anderer. „Schließlich gehört das Wasser zur Privatsphäre." Dann verzogen sich die Bewohner der Enklave wieder in ihre Häuser. Während die anderen Dorfbewohner überall in den Gassen noch freudig erregt in Gespräche vertieft waren, setzten die Neubürger schweigend ihre so jäh unterbrochene Arbeit fort. Die überschäumende Freude vom lebenspendenden Wasserfund hatte sie nicht mitreißen können. <

„Die Ärmsten", riefen wir Kinder spontan, nachdem die Geschichte beendet war. „Ja, aber glücklich die, denen der Gottes-Quell die Herzen erfrischt", meinte unsere Großmutter fröhlich. „Das ist wahr. Danke, liebe Omi" riefen wir Kinder und sprangen zum Toben in den Garten hinaus, während die Erwachsenen noch am Tisch sitzen blieben und sich nach einer Weile des Schweigens über das Gehörte austauschten.

Heiligabend in der „Kornschleuder"

Hin und wieder kommt es anders

Angespannt und schweigend fuhren die Diakonissen Sofia und Nicole ihrem Ziel entgegen. Es war Heiligabend und auf ihrer Singtour durch die Kneipen der Stadt steuerten sie nun ihre dritte Station an. Sofia war die ältere der beiden. Sie hatte die Vierzig überschritten, während Nicole etwa halb so alt war. Beide hatten ihre Gitarren dabei und wollten mit Weihnachtsliedern denen Freude bereiten, die kein oder kaum ein Zuhause hatten. Im vergangenen Jahr waren sie im Nachbarort gewesen, das Jahr davor in einer anderen Kleinstadt. In diesem Jahr nun war Neustadt ihr Ziel. Zum Glück gab es in dem Ort, den sie kaum kannten, nur wenige Kneipen, die an Heiligabend geöffnet hatten. Aber dort fanden sich zumeist die Menschen ein, denen die evangelischen Schwestern mit ihren Weihnachtsliedern etwas Christfreude bereiten wollten, Einsame und Gestrandete. Das Publikum in den Gastwirtschaften, die sie bisher besucht hatten, war recht ordentlich gewesen. Teils höflich, teils uninteressiert. Eine Frau nur hatte von Herzen geweint, und dem Duo ihr Herz ausgeschüttet.

Doch nun stand den beiden Diakonissen die schwerste Station bevor, die verrufene Kneipe „Kornschleuder". Der Name sprach Bände. Es war die ärgste Spelunke im ganzen Kreis. Für harte Trinker war sie ein beliebtes Ziel. Andere mieden den Ort, denn Schlägereien waren nicht selten. Es gab Tage, da gingen Polizei und Rettungsdienste ein und aus.

Trotz ihrer Reife wurde Sofia von einem Ziehen im Magen geplagt. Das kannte sie schon. Darum wollte sie auch nicht aufgeben. Tapfer fuhr sie mit Nicole ihrem Ziel entgegen. Dort angekommen, parkte Sofia den Wagen ein wenig entfernt von der „Kornschleuder" und nahm eine Tablette gegen die Magenschmerzen. Bald würde es ihr hoffentlich besser gehen. Auch ihre Begleiterin fühlte sich nicht wohl. Nicole war leichenblass. Starkes Herzklopfen schien ihren ansonsten festen Glauben zu beeinträchtigen. Tief atmeten beide durch, stiegen dann aus, nahmen ihre Gitarren von der Rückbank und näherten sich der verrufenen Kneipe. Sie machten noch einmal kehrt und gingen eine Weile auf und ab, beäugt von einem vierschrötigen Türsteher. In einiger Entfernung blieben sie stehen, neigten sich zueinander und fassten ihr ganzes Seufzen und Zittern in einem kurzen Gebet zusammen. „Christus, unser Erlöser, bitte, bitte hilf uns und lass dein Licht aufleuchten." Dann schritten sie langsam, ihre Gitarren umgehängt, auf die Kneipe zu. Der bullige Türsteher trat ihnen in den Weg und baute sich vor den Schwestern auf. Nicole zuckte zusammen. Sofia versuchte ihre Angst zu unterdrücken. Mit dem Schlimmsten rechnend, sah sie den Koloss fest an. Der aber blickte überraschend freundlich auf die beiden Diakonissen: „Frohe Weihnachten, liebe Schwestern!", begrüßte der kräftige Kerl sie. „Kommt herein, die Tische sind gedeckt." „Danke" erwiderten beide reflexartig. Dabei blieb ihnen vor Überraschung für kurze Zeit der Mund offen stehen. War die Freundlichkeit nur eine Falle? Dann fassten beide sich und betraten, verblüfft ob der freundlichen Einladung, zaghaft die

Kneipe. Schummriges und doch freundliches Licht umfing sie. Auf den Tischen standen Kerzen, viele Gäste hatten im Raum Platz genommen, einige waren in Gespräche vertieft. Im Hintergrund lief leise weihnachtliche Musik. Am Tresen hantierte eine junge Frau mit Gläsern und Flaschen.

Scheu näherten sich die geistlichen Damen der Theke. „Dürfen wir vielleicht ein paar Weihnachtslieder spielen?", fragte Sophia die Bardame. Die schien zur Überraschung der Schwestern nicht abgeneigt. „Aber gern", sprach sie und zeigte einladend auf den Freiraum vor dem Schanktisch. Sofia und Nicole sahen sich freudig an und schluckten vor Glück. „Danke, Vater im Himmel", klang es, nur für den göttlichen Herrn hörbar, aus beiden Herzen empor.

Von der unerwarteten Freundlichkeit beflügelt, sang das geistliche Duo schwungvoll wie kaum zuvor von dem Weihnachtswunder. Aber das nächste Wunder ließ nicht lange auf sich warten: Mit einem hellen Sopran stimmte die Bardame in das Lied ein. Während sie am Tresen die Gläser füllte, sang sie auswendig und engagiert die Strophen mit. Beinahe hätte Nicole sich vor freudigem Schreck verspielt. Erleichtert und verwirrt zugleich strahlte sie ihre Mitschwester an. Sofia konnte ihr Staunen ebenfalls nicht verbergen und tat es mit den Augen kund. Beiden stand der Jubel ins Gesicht geschrieben. Rhythmisch schlugen sie ihre Gitarren und sangen so klangvoll und mitreißend von der Weihnachtsbotschaft wie selten zuvor. Kaum hatten sie ein weiteres Lied angestimmt, fielen neben der Bardame weitere Frauen und auch Männer im Kneipenraum in den Gesang mit ein, junge und ältere. Und was hatten sie für kräftige und auch wohlklingende Stimmen. So angespornt, verzauberten Sofia und Nicole die Gäste mit einem jubelnden

Klang. Als sie mit einem furiosen Schlussakkord endeten, brandete starker Beifall auf. Viele herzliche Blicke trafen sie.

Sofia und Nicole konnten es nicht fassen. War das eine Erweckung? Würde Sophia zum Überschwang neigen, hätte sie nun ekstatisch getanzt, gejauchzt und wäre vielleicht einigen um den Hals gefallen. Zumindest der Bardame. Aber das lag ihr nicht. Voller Staunen schauten die Diakonissen zwischen den Gästen und der Frau am Tresen hin und her. Und dann rief tatsächlich einer aus dem Publikum: „Halleluja!" Eine andere: „Christ ist geboren", und wieder andere riefen: „Danke, danke. Frohe Weihnachten." Verzückt und verwirrt zugleich drehten sich die beiden Schwestern nun zur Bardame herum und schauten sie fragend an. Die schmunzelte. „Nun erholen Sie sich erst mal", sprach sie mit einladender Stimme. „Darf ich Ihnen ein Getränk anbieten?" Sophia reagierte schnell: „O ja, ein Glas Wasser bitte, ein großes." „ Und für ... für mich", stotterte Nicole aufgeregt, „bitte eine Apfelschorle, auch groß."

Während die Schankwirtin immer noch fröhlich lächelnd die Getränke vorbereitete, trat von hinten ein Mann um die 40 auf die Schwestern zu. Er wirkte sportlich und gepflegt, war mit Jeans und Pullover bekleidet. Was besonders auffiel, war sein klarer, gütiger Zug um die Augen. „Guten Abend, liebe Schwestern, und auch von mir ein herzliches Dankeschön für Ihren Gesang und frohe Weihnachten." „Danke, danke, Ihnen auch", antworteten beide wie im Chor und erneut verwirrt über die freundliche Anrede. Dann nahmen sie ihre Getränke in Empfang, die ihnen die freundliche Frau am Tresen reichte und taten beide einen großen Zug. Mit einem fröhlichen Schmunzeln im Gesicht deutete die Bardame mit dem Kopf auf den Mann, der sie eben begrüßt hatte und sagte nur, „das ist Pastor Weber"! Mit großen Augen schauten die Schwestern den Mann an. Verwirrt blickten sie zwischen dem Pastor und der Wirtin hin und her. Dann zog es wie ein Blitz der Erkenntnis über das Antlitz von Schwester Sofia: „Sind ... sind Sie mit mehreren Christen hier?!" Weber schmunzelte: „Erraten. Wir haben die Kneipe sozusagen besetzt, sprich für Heiligabend gemietet. Das tun wir schon seit Jahren, um hier den Menschen, die Weihnachten nicht kennen, neben Essen und Trinken etwas Wärme und die gute Botschaft von Jesus Christus zu servieren." Während es nun auch in Nicole langsam dämmerte, klang aus Sofias Kehle unerwartet ein herzhaftes Lachen auf. „Daher", sprach sie, „daher der freundliche Empfang schon draußen. Und die singende Bardame, dazu die gewinnende Atmosphäre ..." Während es nun auch in Nicole langsam dämmerte, lachte auch sie befreit auf, bevor einige Tränen der Erleichterung und Freude über ihre Wangen liefen.

Zusammen mit dem Team um Pastor Weber und den Gästen verbrachten sie nun den weiteren Heiligabend in der sonst so gemiedenen „Kornschleuder". Die Tür war inzwischen geöffnet worden. Der nach außen schallende Gesang lockte noch weitere Gäste an. Wie selbstverständlich sprachen auch die Diakonissen mit den Neuankömmlingen, sangen gemeinsame Weihnachtslieder und strebten erst weit nach Mitternacht glücklich und beseelt ihrem Auto zu. Fröhlich verabschiedet von dem massigen Türsteher. In ihrer Unterkunft angekommen, war an Schlaf kaum zu denken. Am nächsten Tag, dem Weihnachtsmorgen, steckten sie mit ihrem Erlebnis und freudigen Liedern ihre Mitschwestern zu fröhlichem Singen und Lachen an. „Christ, der Retter, ist da" klang es mächtig wie am Abend zuvor aus vielen Kehlen.

Plan-los oder Was geht im Alter?

Es war ein dunkler Herbstabend. In dem mehrstöckigen Bürogebäude hatten die Reinigungskräfte ihren Dienst begonnen. „Ein Dreck ist das hier wieder", maulte der erfahrene Peter Herrmann vor sich hin. „Man kommt aus der elenden Wischerei nicht raus..." Doch es war nicht der Dreck, der seine üble Laune bestimmte. In Wahrheit bewegte den Reiniger ein ganz anderes Problem. Sein Ruhestand stand kurz bevor. Was aber sollte er dann anfangen? Immer wieder beschäftigten ihn die Gedanken, womit er seine Tage und die Feierabende füllen könnte.

Während er mit diesem Denken fleißig den Boden säuberte, wurde er plötzlich von hinten angesprochen. „Dobro veĉe! Ich auch putzen." Verdutzt schreckte Peter auf, drehte sich um und sah einen unbekannten Mann im Flur stehen, der kurz zur Bürotür hineinschaute. „Oh, du bist neu hier, nicht?" Der andere unterbrach sein Wischen auf dem Flur. „Ja, Ich Mirko, aus Croatia", meinte der ungefähr gleichaltrige Mann in gebrochenem Deutsch. Peter Herrmann wirkte überrumpelt. Der Kroate hatte ihn aus seinen Gedanken gerissen. „Ich bin Peter", stellte er sich daher erst nach einem kurzen Moment vor. Mirko war inzwischen in der Tür stehen geblieben. „Ah, du deutsch?" Peter nickte, während er weiter wischte. Mirko hingegen hatte seinen Mopp beiseite gestellt. Ihm war erkennbar nach reden zumute. „Dobro, gut, gut. Deutsche Männer immer viel gut Arbeit." Peter musste schmunzeln. Wenn der Kollege wüsste ... . „Nun ja", ging er auf sein Gegenüber ein. „Man tut, was man kann."

Der Kroate schaute ihm eine Weile zu. „Du noch lange wischen, bevor gehen in Rente?" Erstaunt blickte Peter den Kroaten an. Konnte der Gedanken lesen? Einen kurzen Moment schwieg er, dann gab er sich einen Ruck: „In einer Woche ist Schluss." Und obwohl ihm nicht danach war, schob er ein „Endlich!" hinterher. - „Was, so schnell?" Mirko schien überrascht. „Du Glück. Ich noch ein Jahr." Inzwischen hatte Peter den Büroraum gereinigt und stellte seinen Wischmopp auch für kurze Zeit aus der Hand. „Dann hast du es ja auch bald geschafft. Was machst du dann?" Der Kollege strahlte: „Oh, Mirko zurück in Heimat." „Und wo ist das?", fragte Peter, den der Kroate plötzlich zu interessieren schien. Mirkos Augen leuchteten auf: „In Nähe von Split. Kleines Haus mit Garten." Nicht schlecht, durchfuhr es sein Gegenüber. „Und da bist du dann den ganzen Tag?" „Ja, gibt immer zu tun", antwortete der Kroate begeistert. „Arbeit an Haus und viel Arbeit in Garten. Du verstehen? Gemüse, Obst ... ." In den Ohren des Deutschen klang das sehr nach Überarbeitung. Verwirrt fragte er daher: „Nur ackern, keine Freizeit?" „Doch", beruhigte ihn Mirko, „natürlich auch Freizeit. Nachmittags Schläfchen in Schatten, abends lecker essen mit Familie oder mit Freunden." Dabei legte er genießerisch die Finger an den Mund: „Gegrilltes Paprika und Hammel an Spieß." Genussvoll verdrehte er die Augen, um sich dann aber wieder seinem deutschen Kollegen zuzuwenden: „Und du?" Peter reagierte verwirrt. Nun hatte der Kroate ihn doch glatt auf dem falschen Fuß erwischt. „Och, ich weiß noch nicht. Na ja, vielleicht auf dem Balkon sitzen, spazieren gehen?" Mirko schaute ihn unverständig an: „Du nix Garten und Hammel an Spieß?" Nun musste sein Reinigungskollege lachen: „Nee, das ist in der Stadt nicht so möglich. Hammel gibt es hier nicht."

So, als wäre das auch nicht so wichtig, zuckte Mirko kurz die Schultern und kam lebhaft auf die Vorteile der Großstadt zu sprechen. „Aber dafür bei euch an jeder Ecke Angebote. Bei uns auf Dorf nix viel los." Wie resigniert schlug Peter die Augen nieder. Er wusste ja selbst, dass er für die Zukunft keine rechte Idee hatte: „Na ja, was kann ich schon machen?" Mit offenem Mund schaute der Kroate auf seinen plötzlich wie niedergeschlagen wirkenden Arbeitskameraden. „Peter, das nix dein Ernst", sprudelte es aus ihm heraus. „In deiner Stadt so viel ... Sport und Kultura, Kirchen und Musik. Du machen Musik? Vielleicht Singen?" - „Nein, das ist nicht so mein Ding", gestand Peter wenig begeistert. Aber Mirko ließ nicht locker. „Dann du machen Politik, oder besuchen Kurse von Volkshochschule... Und wie ist Treffen mit Kollegen, fahren Rad ...?" Je mehr der Kroate vorschlug, desto mehr schien seinem deutschen Kollegen die Lebensfreude und Aktivität abhanden zu kommen. „Das muss ich erst noch überlegen." Eine Weile sagte der Kroate überhaupt nichts mehr. Dann schlug er sich mit der Hand vor den Kopf und schrie fast: „Überlegen? Ich nix glauben. Du haben 40 oder 50 Jahre Zeit gehabt, zu überlegen." Deprimiert griff Peter Herrmann zu Mopp und Eimer und machte sich auf in den nächsten Raum. „Wo du es sagst. Aber wer tut das schon?"

So wollte Mirko den Kollegen nicht davongehen lassen. Im Nu stand er vor ihm, legte Peter beide Arme auf die Schultern und blickte ihm freundschaftlich in die Augen:

„Weißt du, mein Lieber, deutsche Leute manchmal sehr komisch. Sonst immer alles planen. Aber nix für Alter." Dann
zog er Peter kurz an seine Brust und flüsterte: „Gibt vielleicht doch Hammel hier?"

Schlaflos vor dem großen Knall

Jesu Einzug an Silvester

Max konnte nicht schlafen. Kurz vor Mitternacht würde sein Papa den Siebenjährigen holen, um zusammen mit seiner Familie das Feuerwerk zum Jahreswechsel zu erleben. Bis dahin sollte er ein paar Stunden schlafen. Küssen und Schmusen mit Mama und Papa, als sie ihn ins Bett legten. Weil es ein besonderer Abend war, durfte Max im Bett seiner Eltern einschlafen. Nach dem Feuerwerk sollte er dann wieder in die eigene Heia. Wie üblich feierten die Eltern bei seiner Großmutter. Deren Wohnung lag in dem hochherrschaftlichen Mietshaus zwei Stockwerke tiefer. Die Entfernung war also gering.

Als die Eltern gegangen waren, kuschelte der kleine Mann sich in seine Decke, hatte den Teddy neben sich und griff sich seine Kinderbibel, deren Bilder er gern anschaute. Wenn ihm die Eltern abwechselnd daraus vorlasen, sah er immer besonders aufmerksam auf die Bilder. Fiel ihm etwas auf oder verstand er etwas nicht, fragte er Mama und Papa ein Loch in den Bauch. Manche Geschichten kannte Max gut. Die aus dem Alten Testament fand er spannend. Im Neuen Testament freute er sich an Jesus. Der hatte die Menschen lieb.

Nach einer Weile legte der kleine Bücherwurm die Kinderbibel weg, nahm seinen Teddy in den Arm und löschte das Licht. An Schlaf war jedoch nicht zu denken. Draußen knallte es immer wieder. Zudem war seine Aufregung viel zu groß. Zum ersten Mal durfte er bei dem mitternächtlichen Feuerwerk dabei sein. Bisher hatte er zu der Zeit immer geschlafen. Er wälzte sich hin und her, doch der Schlaf wollte nicht kommen. Auch seine träumerische Fantasie ließ ihn nicht zur Ruhe kommen. Die hatte er von seiner Mutter geerbt. In Gedanken stellte er sich den Jahreswechsel in den schönsten Farben und Tönen vor. Dann sprang seine Fantasie zum geliebten Fußball über. In Gedanken tobte er mit seinen Lieblingsspielern übers Feld, schoss ein Tor nach dem anderen und stellte natürlich den Überraschungssieg gegen den mit Weltmeistern gespickten Favoriten her. Begeistert trugen ihn anschließend seine Mitspieler auf den Schultern vom Platz.

Leider schläferte auch diese Träumerei Max nicht ein. Nachdem er sich immer wieder von einer Seite zur anderen gedreht hatte, gab er es schließlich auf. Der Wecker im Schlafzimmer zeigte zweiundzwanzig Uhr an, als er wieder die Nachttischlampe einschaltete. Der kleine Kerl holte sich erneut seine Kinderbibel vor und blätterte weiter darin. An einer Geschichte blieb er hängen, die zu seinen Lieblingserzählungen gehörte: Jesu Einzug in Jerusalem. Das Bild dazu gefiel ihm immer wieder aufs Neue: Jesus sitzt auf einem Esel und wird von einer jubelnden, Palmwedel schwenkenden Menschenmenge empfangen. Kleidungsstücke bedecken seinen Weg und viele, viele Palmenzweige. Das orientalische an der Jubelszene beeindruckte Max jedes Mal aufs Neue. Was würde er tun, wenn Jesus heute in seine Stadt käme? Palmen wachsen hier ja nicht. Und während seine kindliche Vorstellungskraft wieder auf Reisen ging, schoss dem fantasiebegabten Jungen ein prächtiger Gedanke durch den Kopf. Wie der Blitz sprang er aus dem Bett, lief ins

Wohnzimmer und kramte in dem Karton, der den Dekoschmuck für Geburtstage und andere Fest- und Feiertage enthielt. Aufgeregt stöberte er darin herum, bis er das gesuchte, mehrfarbige Päckchen gefunden hatte. Hüpfend und singend sprang er damit zurück ins Schlafzimmer und begann mit seiner Arbeit.

Als sein Vater kurz vor Zwölf die Wohnungstür aufschloss, staunte der nicht schlecht, als er das Schlafzimmer festlich erleuchtet vorfand. Die Nachttischlampen waren eingeschaltet, auch das Oberlicht, ein moderner Kronleuchter. Ein fröhlich trällernder Ruf „Papa, ich bin wach!" tönte ihm entgegen. Als er das Schlafzimmer betrat, stutzte der Vater und begann dann herzhaft zu lachen. Der ganze Raum war mit Luftschlangen geschmückt. Sie kringelten sich um Schrank und Betten, wanden sich um die Gardinenstange und bildeten ein prächtiges Netz rund um die Deckenlampe. Und inmitten dieses beschwingten Kunstwerkes saß strahlend auf dem Bett sein Sohn! „Papa, Papa, ich konnte nicht schlafen. Da hab ich das Zimmer geschmückt wie zu Jesu Einzug in Jerusalem!" Freudig nahm der Vater seinen Sohn auf den Arm, drückte ihn an sich und meinte gerührt: „Das hast du fein gemacht. Jesus wird sich bestimmt darüber freuen".

Staunend betrachtete der Junge anschließend das mitternächtliche Feuerwerk. Doch im Stillen wusste er, dass das Schmücken des Schlafzimmers ihm viel mehr Spaß gemacht hatte. Es war ja schließlich auch ein Fest für Jesus gewesen.

Zeitfracht Medien GmbH
Ferdinand-Jühlke-Straße 7
99095 Erfurt, Deutschland
produktsicherheit@kolibri360.de